KB009190

발렌 판타지 장편소설

FANTASY STORY & ADVENTURE

마법군주

인 칼리스타

In Kallista

4

dream books
드림북스

마법군주 *4*

금안의 마법사

초판 1쇄 발행 / 2010년 1월 11일
초판 2쇄 발행 / 2011년 3월 26일

지은이 / 발렌

발행인 / 오영배
편집장 / 허경란
편집 / 신동철, 오미정, 문보람, 윤상현
본문 디자인 / 신경선
펴낸 곳 / (주) 삼양출판사 · 드림북스

주소 / 서울특별시 강북구 송천동 322-10호
대표 전화 / 02-980-2112 팩스 / 02-983-0660
편집부 전화 / 02-980-2116 팩스 / 02-983-8201
블로그 / blog.naver.com/dreambookss

등록번호 / 제9-00046호
등록일자 / 1999년 3월 11일

값 8,000원

ISBN 978-89-542-3433-7 04810
ISBN 978-89-542-3334-7 (세트)

* 지은이와 협의하에 인지는 생략합니다.
* 잘못된 책은 구입한 곳에서 바꾸어 드립니다.

마법군주
인 칼리스타
발렌 판타지 장편소설
FANTASY STORY & ADVENTURE
In Kallista
4
금안의 마법사
dream
books
드림북스

마법군주

인 칼리스타

In Kallista

제1화

바다향기

두두두두.

해가 서산으로 질 무렵이었다.

커다란 마차 한 대가 무슨 급한 일이라도 있는 듯 빠르게 대로 위를 달렸다.

장장 한 시간을 넘게 달려 그 마차가 멈춰 선 곳은 황도의 번화가 중에서도 가장 사람들이 많이 몰리는 칼리스타 거리였다.

작년까지만 해도 엄연히 다른 이름이 존재했지만, 언젠가부터 칼리스타 뱅크의 이름을 따 다들 칼리스타 거리로 부르고 있었다.

황도의 가장 큰 번화가인 만큼 칼리스타 거리는 볼거리로 넘쳐나는 곳이었다. 크고 유명한 상점이 많아 황도를 찾는 관광객들이 가장 먼저 들르는 곳이기도 했다.

무엇보다 칼리스타 거리에는 황도의 명물이라 할 수 있는 것이 두 가지나 있었는데, 하나는 창립 2년 만에 제국 최고의 뱅크로 올라선 칼리스타 뱅크였고, 다른 하나는 '바다향기' 라는 음식점이었다.

이름에서부터 알 수 있듯이 바다향기는 해산물을 파는 곳이었다. 해산물이라는 것이 쉽게 상하기 때문에 지금까지는 황도에서 접하기가 어려운 음식 중의 하나였다면, 이제는 바다향기로 인해 황도의 시민이라면 누구나 먹을 수 있는 음식으로 자리 잡았다.

이전까지만 해도 해산물이란 건 부르는 게 값일 만큼 고급 음식의 대표 격이었고, 당연히 귀족과 부유계층만이 먹어왔다.

하지만 지금은 그들뿐 아니라 서민층까지도 조금의 돈만 있으면 먹을 수 있는 음식이 되었다.

물론 해산물 중에서도 특별하고 귀한 것은 비싼 가격에 판매되고 있다.

여기서 중요한 건 귀족조차 쉽게 먹을 수 없었던 '해산물'을 서민들도 먹을 수 있게 되었다는 점이다.

처음에는 다들 바다향기가 황도 시민 전체를 상대로 사기라도 치는 줄 알았다. 그만큼 바다향기가 내건 해산물의 가격은 믿기 힘들 정도였다.

그러나 지금은 어느 누구도 의심하지 않는다. 바다향기에서 보존 마법이 가능한 마법사를 고용했다는 사실을 모두가 알기 때문이다.

마법사의 정체에 대해 아직까지 말이 많기는 하다. 그럴 만도 한 것이 보존 마법이 가능한 마법사라면 3서클 이상의 마법사란 얘기였다.

오늘날 제국에서 그 정도 실력의 마법사를 찾으려면 절대적으로 황실 말고는 없다.

하지만 황실 마법사가 어떤 존재들인가.

높디높은 자존심은 말할 것도 없으며, 그들은 오로지 황제만을 위해 일하는 자들이었다. 당연히 사사로이 마법을 사용할 수 없는 것이다.

황실의 전폭적인 지지를 받으며 마법을 연구하는 데에는 그만한 대가가 따르는 법이었다.

아직까지 바다향기의 마법사에 대해선 특별하게 밝혀진 것이 없다. 소문으론 다들 그 마법사를 찾기 위해 혈안이 되어 있다고 하는데, 지금껏 조용한 것을 보면 그것이 쉽지만은 않은 모양이었다.

어쨌든 작년 봄쯤 문을 연 바다향기는 개업과 동시에 큰 인기를 몰며 황도의 가장 유명한 음식점으로 자리매김하고 있었다.

마차는 바로 그곳 앞에 자욱한 흙먼지를 일으키며 멈춰 섰다.

"남작님, 도착했습니다."

마부가 서둘러 뛰어내리며 마차의 문을 열었다. 그는 늦지 않았다는 사실에 안도하는 기색이 역력했다.

"제 시간에 맞춰 왔군."

가장 먼저 밖으로 나온 이는 콧수염을 멋들어지게 기른 중년의 사내였다. 조금은 강퍅하게 생긴 사내가 모자를 쓰며 뒤이어 나오는 부인의 손을 잡아주었다.

남편에게 미소로 고마움을 전하며 여인이 사뿐히 바닥으로 내려섰다.

"으랏차."

그 뒤를 이어 열넷, 열다섯 정도 되었을까?

장난기 가득한 눈을 가진 소년 하나가 폴짝거리며 뛰어내렸다.

"서머, 좀 얌전할 수 없어?"

그런 동생의 행동을 나무라며 마지막으로 소녀가 마차에서 내렸다.

"내가 뭘."

"너 때문에 먼지 나잖아. 이 드레스 내가 제일 좋아하는 거란 말이야."

"먼지 묻으면 빨면 되지. 그게 뭐 별거라고."
"뭐야?"
"아우, 알았어. 다음부턴 조심할게. 됐지?"
이런 식의 대화는 하면 할수록 자신만 손해라는 것을 소년은 알고 있었다. 점점 사나워지는 누나의 눈빛을 피해 그가 고개를 돌렸다.
"블레인, 설마 여기까지 와서 동생과 싸우려는 건 아니겠지?"
"……네."
무언가 한마디 더 하려고 했던 소녀는 어머니의 질책에 뾰로통한 표정을 지으며 입을 닫았다. 그러자 쌤통이라는 듯 소년이 누나를 향해 몰래 혀를 쏙 내민다.
"부인, 그만 들어갑시다. 블레인, 서머. 너희도 그만하고 어서 들어가자."
"네, 아빠."
소년이 씩씩하게 대답하며 앞장섰다. 잠시 그런 동생의 뒤통수를 노려보다가 소녀도 이내 얼굴을 펴고 건물 안으로 발걸음을 옮겼다.
"어서 오세요."
안으로 들어가자 단정한 차림의 여종업원이 제일 먼저 일행을 반겼다. 바다향기의 일층 실내는 언제나처럼 많은 사람들로 북적이고 있었다.

"모란 남작님 아니십니까?"

여종업원이 위층으로 안내를 하려 할 때, 저만치서 사내 한 명이 걸어왔다. 그를 본 남작의 얼굴이 환해졌다.

"제프리온, 이게 얼마만인가!"

"그동안 안녕하셨습니까?"

"나야 잘 지내다마다. 자네는 무척 바쁘다고 들었네만, 오늘 여기서 볼 줄은 몰랐군."

"어젯밤에 도착했습니다."

"그래, 이번엔 어디인가?"

바다향기가 요즘 한창 지점을 늘리고 있다는 건 알 만한 사람은 다 아는 사실이었다. 남작이 호기심을 드러내며 물었다.

비밀도 아니기에 제프리온은 쾌히 대답했다.

"켄트시(市)입니다."

"켄트시라면 버크 남작이 다스리는 곳 말인가?"

"네, 맞습니다."

"그 사람 지금쯤 아주 신났겠군."

조금은 아쉽다는 듯 모란 남작이 입맛을 다셨다. 아직 그의 영지에는 바다향기가 없기 때문이기도 하지만, 그보다는 바다향기가 생김으로써 발생하는 또 다른 이익 때문이었다.

수입이 크니 걷히는 세금은 말할 것도 없고, 해산물을 먹으려는 사람들이 몰릴 것이니 지역의 경제 또한 살아날 것이다.

한낱 음식점일 뿐이라고 비아냥거리는 이들도 있지만, 바다향기의 영향력은 결코 무시할 수 없었다.

"제가 모시지요."

여종업원을 눈짓으로 물리며 제프리온이 두 손으로 계단을 가리켰다.

"오호, 사장에게 직접 안내를 받게 되다니 오늘 운이 좋은가 보네."

제프리온이 손수 안내를 한다는 사실에 모란 남작은 꽤 기뻐하는 눈치였다.

그도 그럴 것이 직접 주문을 받는 경우가 거의 없긴 하지만, 일단 사장인 그를 통하면 시키지도 않은 메뉴가 함께 테이블에 오르기 때문이다. 그것을 사람들은 제프리온의 특별 메뉴라고 부르고 있었다.

남작 부인의 얼굴에도 한가득 미소가 떠올랐다. 그녀의 눈은 벌써부터 기대감으로 부풀어 오르고 있었다.

"으윽, 더러워."

계단을 오르던 중 블레인이 아래층을 보며 중얼거렸다. 그녀의 말을 들은 것은 아니지만 식사 중이던 몇몇이 호기심에 찬 시선으로 위층을 흘깃거렸다.

바다향기는 총 다섯 층으로 이루어진 건물이었다.

일층은 평민들을 위한 곳이었고, 이층과 삼층은 귀족, 그리고 예약 손님만을 받는다는 사층과, 오층은 사장인 제프리온이 머무는 공간이었다.

맨 처음 음식점을 열었을 때 바다향기를 찾은 귀족들의 수는 그리 많지 않았다. 평민들과 한 공간에서 식사를 할 수 없다는 것이 그 이유였다.

리안 딴에는 같이 어울릴 수 없는 부류이니 신경 써서 층이라도 나눈 것인데, 대다수의 귀족들은 평민들과 한 건물에 있다는 사실만으로도 불쾌해했다.

그러나 생각해 보면 그들이 먹고 마시는 곳이라면 어디든 평민과 노예가 있다. 귀족들의 수발을 들어야 하기 때문이다. 실상 그들이 없다면 가장 불편한 건 귀족일 것이다.

시중을 들어주는 하인이 없으면 당장 밥은 어찌 먹을 것이며, 청소와 빨래는 누가 할 것이란 말인가?

그들 스스로가 할 수 있는 건 아무것도 없었다.

그런 판국에 평민들과 함께 이용하는 게 불쾌하다는 이유만으로 음식점을 찾지 않는 것은 말이 안 된다고 리안은 생각했다.

하지만 목마른 자가 우물을 찾는다고 하였던가.

해산물에 대한 소문이 나자 귀족들이 하나둘 몰리기 시작하더니, 한 달도 되지 않아 황도에 사는 대부분의 귀족이 바다향기의 단골이 되었다.

그들의 마음속엔 여전히 일층을 향한 불쾌감이 있었지만, 그걸 겉으로 표현하는 귀족은 이제 거의 찾아볼 수 없었다.

물론 지금과 같이 어리고 철없는 귀족 영애는 예외였다.

"식사 예절이라고는 눈 씻고 찾아봐도 볼 수가 없군. 너무 무식해."

블레인은 인상을 있는 대로 쓰며 입술을 삐죽였다. 다행히 맨 뒤에서 작게 떠드는 것이기에 들을 수 있는 사람은 동생인 서머가 유일했다.

서머가 잠시 걸음을 멈추고 뒤를 돌아보았다.

"누나야말로 지금 이 순간 엄청나게 무식해 보인다는 거 알아?"

"뭐야?"

갑작스런 동생의 비난에 안 그래도 찡그려진 블레인의 미간에 더욱 진한 주름이 그려졌다.

"이럴 줄 모르고 온 것도 아니잖아. 바다향기에 처음 오는 것도 아니고, 매번 그렇게 욕하고 싶어?"

"누가 듣는 것도 아니고 나 혼자 욕하는 건데 네가 무슨 참견이야?"

"진정한 레이디라면 누가 보든 안 보든 품위를 지켜야지. 누나는 그런 것도 안 배웠어?"

평소 사람들 앞에서는 온갖 고고한 척을 다 떠는 누나였다. 서머는 자신의 누나가 대체 언제쯤 성숙해질 수 있을지 걱정이었다.

"너……."

가뜩이나 좋지 않던 감정이 서머의 발언으로 인해 울컥 치

밀어 올랐다. 블레인이 장소도 잊은 채 발작을 일으키려는 찰나, 서머가 쏜살같이 내뱉었다.

"오늘 커쉬너 형도 온다고 했어. 그러니 조용하는 게 좋을걸."

커쉬너는 그들과 함께 아카데미를 다니고 있는 학생으로, 블레인의 짝사랑 상대였다.

역시 커쉬너의 이름이 나오자 블레인의 발작이 거짓말처럼 멈췄다.

"……정말이야?"

"낮에 아카데미에서 만났을 때 분명 그렇게 들었어. 물론 마음이 바뀌었을 수도 있겠지. 설마 그게 내 책임이라고 하진 않겠지?"

"거짓말이면 어쩔 건데?"

"거짓말 아니야. 커쉬너 형도 누나처럼 해산물 좋아하는 거 잊었어?"

당연히 잊지 않았다. 식성까지 비슷하다고 홀로 기뻐하지 않았던가.

"왔다면 아마 친구들과 함께 왔을 거야. 믿든지 말든지 누나 맘대로 해."

서머가 돌아서서 다시 계단을 올랐다. 타이밍이 수상하긴 하지만 왠지 거짓말 같지는 않아 보였다.

블레인은 일단 믿어보기로 했다. 커쉬너가 왔으면 그거야말로 좋은 일이고, 오지 않았다면 그때 가서 동생을 잡아도 되기 때문이다.

"같이 가."

그녀가 동생을 따라 급히 계단을 밟았다.

이층은 여느 날처럼 오늘도 만석이었다. 일행은 바로 삼층으로 올라갔다. 저녁 식사 시간인 만큼 삼층 역시 꽤 많은 손님들이 자리하고 있었지만, 다행히 빈자리 몇 개가 보였다.

화려한 옷차림을 한 귀족들이 각자의 일행과 함께 즐거운 식사를 하고 있었다.

계단 근처에 자리를 잡고 있던 이들이 제프리온을 알아보고 반가운 기색을 짓기도 하였다.

제프리온은 그들에게 적당한 눈인사로 대꾸하며 모란 남작 가족을 빈자리로 데려갔다. 제프리온을 따라가며 남작이 가벼운 목례로 귀족들과 인사했다.

평소 자주 볼 수 없었던 귀족들까지 바다향기를 찾는 탓에, 언젠가부터 바다향기는 새로운 만남의 공간으로 떠오르고 있었다.

"엇! 커쉬너 형이다!"

주위를 두리번거리며 걷던 서머의 눈에 다행히 커쉬너의 옆모습이 포착되었다. 서머의 음성을 들은 듯 커쉬너의 고개가 돌아갔다.

블레인은 두근거리는 마음으로 드레스를 꽉 움켜진 채 동생을 따라 천천히 걸었다. 하늘의 도우심인지 제프리온이 안내한 자리는 커쉬너의 바로 옆 테이블이었다.

"서머! 오늘 올지도 모른다더니 정말 왔구나."

"응, 형."

"안녕하셨습니까, 모란 남작님."

커쉬너는 자리에서 일어나 모란 남작에게 예를 갖춰 인사했다.

커쉬너의 아버지인 맥브라이드 남작과 친한 편은 아니지만, 익히 얼굴은 아는 사이였기에 모란 남작도 가볍게 인사를 받으며 자리를 비켰다.

"듣던 대로 고약한 인상인데?"

"쉿, 듣겠다."

함께 온 친구 젠이 모란 남작에 대해 떠들자 커쉬너가 자리에 앉으며 조심하라는 듯 고개를 저었다.

"저기까진 들리지 않을 테니 걱정하지 마셔."

바로 옆 테이블이라고 해도 일층처럼 자리가 붙어 있는 것은 아니었다. 제법 거리도 떨어져 있을뿐더러, 명색이 귀족들이 이용하는 곳인 만큼 사생활을 존중하는 의미에서 테이블 사이에는 칸막이도 쳐져 있었다.

"조심해서 나쁠 거 없잖아."

"그래, 젠. 목소리 좀 낮춰."

"어이쿠, 알았다, 알았어. 누가 보면 내가 상욕이라도 한 줄 알겠다."

그레이브까지 거들고 나서자 젠은 불만스런 표정을 지으며 항복했다.

그때 어쩐 일인지 서머가 그들에게로 다가왔다.

"커쉬너 형, 우리도 끼면 안 될까?"

서머의 뒤에는 블레인이 다소곳한 자태로 일행의 허락을 기다리고 있었다.

"부모님은 어쩌고……?"

서머의 갑작스런 제안에 커쉬너는 당황해서 자리에서 일어났다.

"두 분이서 오랜만에 오붓한 시간 보내라고 누나와 내가 빠졌어. 우리끼리 있으려니까 조금 심심하기도 해서 물어본 건데, 불편하면 거절해도 괜찮아."

"아, 그게……."

커쉬너는 바로 대답하지 못하고 난감한 표정을 지었다.

서로의 가문이 속한 파벌은 다르지만, 아카데미에서 같이 마법을 공부하게 된 인연으로 사실 둘은 꽤 친한 사이였다. 형이 없어서인지 서머는 커쉬너를 마치 친형처럼 따르며 살갑게 굴었고, 그런 서머가 커쉬너도 싫지 않았다.

아마 혼자였다면 흔쾌히 승낙을 했을 것이다. 녀석이 누나까지 데려온 마당에 거절하는 것은 예의가 아니었다.

하지만 그러자니 함께 온 친구 젠과 그레이브를 생각하지 않을 수 없었다.

특유의 쾌활한 성격 때문에 서머는 신경 쓰지 않는 듯하지만, 올해 열여덟 살이 된 그의 친구들은 그렇지가 못했다.

젠과 그레이브의 가문이 타운젠드 공작가를 지지하는 데 반해, 서머의 아버지인 모란 남작은 맥카시 공작 쪽 사람이기 때문이다.

드러내놓고 앙숙은 아닐지라도 한자리에서 같이 식사를 할 만큼 친근한 사이가 아니란 뜻이다.

그런 커쉬너의 고민이 느껴졌을까?

"난 그레이브라고 해. 아카데미에서 몇 번 봤지? 이쪽으로 앉아."

그레이브가 먼저 일어나 서머와 블레인에게 인사했다. 젠은 탐탁지 않은 눈치였으나 다행히 크게 티를 내지는 않았다.

"실례하겠습니다."

의자를 빼주는 그레이브에게 살짝 고개를 숙이며 블레인이 자리에 앉았다.

"감사합니다."

서머도 그레이브와 젠에게 눈인사를 건네며 의자에 앉았다.

"형, 오늘 음식은 내가 살게."

"아니야, 형인데 내가 사야지."

"아니야. 중간에 불쑥 끼어들었는데 마땅히 내가 사야지. 여기요, 주문 받아주세요."

서머가 손을 들자 대기하고 있던 제프리온이 웃으며 다가왔다.

그제야 제프리온을 발견한 세 명의 얼굴에 반가운 기색이 스쳤다. 자신들이 올라올 때만 해도 제프리온을 보지 못했던 것이다.

"무얼 드시겠습니까?"

제프리온이 묻자 서머가 능숙하게 새 음식을 주문했다. 메뉴판을 보지도 않고 이것저것 시키는 것이 바다향기에 자주 왔다는 것을 알 수 있었다.

"음료는 같은 것으로 드릴까요?"

"네, 저는 그렇게 해주세요. 누나는?"

"응, 나도."

커쉬너와 친구들이 마시고 있던 것은 생과일을 갈아 만든 주스였다. 시원하고 맛이 좋아 여인들과 학생들에게 인기인 음료였다.

"알겠습니다. 그럼 저는 이만 여기서 인사드리겠습니다. 즐거운 시간 보내십시오."

제프리온이 테이블에서 멀어지자 젠이 다소 들뜬 어조로 말을 꺼냈다.

"오늘의 특별 메뉴는 뭘까?"

"글쎄. 난 저번에 먹었던 랍스타라면 좋을 것 같은데."

"나는 그것보다 전복이나 더 먹고 싶어. 전복이 귀한 건 알지만, 항상 보면 양이 너무 적단 말이야."

"전 뭐든 좋아요. 바다향기의 특별 메뉴를 먹을 수 있단 것만으로도 행운이잖아요?"

앞서도 말했듯이 특별 메뉴란 사장인 제프리온의 권한으로 주문한 음식과 함께 나오는 어떤 '특별한' 메뉴를 말하는 것이었다.

주로 메뉴판에는 없는 새로운 메뉴라던가, 전복 같은 귀한 것들이 올라오곤 했다.

"서머 덕분에 오늘 입이 호강하네."

조금이나마 친구들에게 미안함을 덜 수 있을 것 같아 커쉬너는 마음이 한결 가벼워졌다.

"덕분은 무슨."

"바다향기가 생긴 지 1년이 넘었는데도 아직까지 특별 메뉴를 먹어보지 못한 사람도 있다고 들었어. 쉽게 오는 기회가 아니라고."

"그런가? 헤, 그럼 나 말고 우리 누나에게 감사해. 오늘 여기 오자고 한 건 누나니까."

서머는 일부러 커쉬너의 관심이 블레인에게 쏠리도록 유도했다.

"감사합니다. 그런 결정 내려주셔서."

커쉬너는 장난 반 진심 반을 담아 블레인에게 고마움을 표시했다. 그 시선에 블레인은 콩닥거리는 가슴을 진정시키며,

어느 때보다 우아한 미소를 입가에 그렸다. 단언하건대 지금 처럼 동생이 사랑스럽게 느껴진 적은 없었다.

그렇게 이야기가 서로 오가며 음식을 기다리고 있을 때였다.

"어?"

계단을 향해 앉아 있던 그레이브가 스푼을 내려놓으며 눈을 동그랗게 떴다.

"왜 그래?"

자연스레 모두의 시선이 그쪽으로 향했다. 이제 보니 식사를 하고 있던 꽤 많은 사람들이 같은 곳을 바라보고 있었다.

"보웬 남작이야."

"그래, 그 옆은 칼리스타 백작이고."

이목을 끈 것은 처음 들어선 보웬 남작이 아닌, 칼리스타 백작이었다.

듣던 대로 멀리서도 칼리스타 백작의 외모는 빛을 발했다.

어깨를 덮는 부드러운 흑빛 머리칼하며, 그것과 대조되는 새하얀 피부와 붉은 입술. 온화한 눈빛에서는 절로 기품이 느껴지니, 과연 뭇 여성들의 가슴을 울리게 하고도 남을 법했다.

화려하게 치장을 한 보웬 남작과 함께여서 그런지, 칼리스타 백작의 단아한 아름다움이 더욱 크게 와 닿았다.

뛰어난 사업적 재능으로 칼리스타 뱅크를 제국 최고의 뱅크로 만든 칼리스타 백작은, 요즘 또래의 귀족들에게 귀감이 되고 있었다.

"보웬 남작이 칼리스타 백작의 도움으로 떼돈을 벌었다더니, 축하라도 하러 온 건가."

"몰랐어? 해산물이 피부에 좋다는 걸 알고는 거의 매일같이 찾아온다잖아."

"하지만 지금은 보다시피 자리가 없으니 안 됐군."

모란 가족이 도착했을 때만 해도 빈자리가 몇 개 있었는데, 안타깝게도 지금은 자리가 꽉 찬 상태였다. 삼층으로 올라왔다는 건 이층도 마찬가지라는 뜻이었다.

평소라면 이런 경우 밑에서부터 저지가 되는데, 종업원이 안절부절못하는 것으로 보아 실수를 한 듯했다.

요즘 한창 잘 나간다는 두 젊은 귀족이 자리가 없어 돌아가야 한다는 사실에 그들은 왠지 고소한 기분이 들었다.

잠시 후, 아래로 부리나케 뛰어 내려갔던 종업원 대신 사장 제프리온이 다시 모습을 보였다.

아마도 사죄를 하러 온 것이리라. 일행 뿐 아니라 보고 있던 모든 손님들이 그렇게 생각했다.

과연 제프리온이 올라오자마자 정중히 허리를 숙이며 사과했다.

그런데 다음 순간 그가 위층을 가리키는 것이 아닌가?

"뭐야, 예약하고 온 거야?"

젠의 허탈한 물음에 그레이브는 단호히 고개를 저었다.

"아니, 그랬다면 처음부터 위층으로 올라갔겠지. 당황하던 종업원뿐 아니라, 칼리스타 백작과 보웬 남작도 주위를 두리번거렸어. 그건 자리를 찾는 거라고."

"맞아."

같은 생각이라는 듯 커쉬너가 동의했다.

"사층은 예약 손님이 아니면 절대 받지 않는다고 했잖아. 전에 누구더라? 자작인지, 백작인지 그걸 따지고 들었다가 큰 곤욕을 치렀다고 하던데."

"틸트 자작이에요. 자리가 없다고 돌아가라고 하자 사층으로 오르겠다고 갖은 추태를 부리다가 끝내 쫓겨났죠. 이후로 바다향기에서 손님으로 받길 거부하자, 그때는 술에 취해서 그런 거라고 싹싹 빌었다고 하더군요. 지금은 조용히 왔다가 조용히 먹고 가는 모양이에요."

바다향기의 단골손님답게 블레인이 정확하게 알고 있었다.

"대체 여기 사장이 누굴까?"

"누구긴 누구야. 저기 있잖아."

바로 올라가지 않고 칼리스타 백작과 대화를 나누고 있는 제프리온을 턱으로 가리키며 젠이 비아냥거리듯 말했다.

"내 말은 진짜 사장 말이야."

제프리온이 사장으로 불리고는 있지만 그가 진짜 주인이 아니란 것 정도는 이미 알려진 사실이었다.

대관절 어느 정도의 영향력 있는 자이기에 귀족이 추태를 부렸다는 이유만으로 쫓아낼 수 있는지 그들은 진정 궁금했다.

바다향기의 진정한 주인을 알아내기 위해 제프리온의 뒷조사를 정보길드에 의뢰한 자들도 있었지만, 그의 이전 행적이 마치 하늘에서 뚝 떨어진 사람처럼 깨끗해 매번 아무것도 건질 수가 없었다.

그것으로 보건대 미리 어떤 조치가 있었음을 짐작할 수 있었다.

"혹시 십대 상단 중 한곳에서 몰래 차린 거 아닐까?"

"그렇게 따지면 뱅크일 수도 있지."

"돈이야 두 공작 가문도 만만치 않을걸."

세 친구는 자못 중요한 논의라도 하듯 심각한 얼굴로 저마다 의견을 내놓았다.

"형들, 그게 뭐가 중요해요. 우리야 그냥 맛있게 먹기만 하면 되지. 그리고 그런 건 어차피 시간이 지나면 다 알게 되지 않겠어요?"

"하긴, 네 말이 맞다. 궁금한 건 우리뿐이 아닐 테니까."

"엇! 진짜 올라가는데?"

커쉬너가 서머를 보며 웃을 때 마침내 칼리스타 백작과 보웬 남작이 위층으로 올라가기 시작했다. 그 사실에 다른 귀족들도 무척 놀란 듯 수군거리는 소리가 들려왔다.

"이거 형평성에 어긋나는 거 아니야?"

젠은 계단을 오르는 세 사람을 보며 인상을 찌푸렸다. 아무리 칼리스타 백작이 요즘 잘 나간다고 하지만, 같은 귀족으로서 그만 특별대우를 받는 것 같아 불쾌했다.

"참아, 젠. 우리 말고도 따질 사람은 많아 보이니까."

주위를 보니 큰소리만 내지 않을 뿐, 노기 어린 표정들이 적잖이 보였다. 그레이브의 말처럼 한동안 이 사건을 가지고 말들이 많을 것이 분명했다.

"뭔가 사정이 있을지도 몰라요."

"사정?"

서머의 뜬금없는 말에 모두의 시선이 모였다.

"네, 바다향기의 원칙은 유명하잖아요. 이 많은 사람들이 보는 앞에서 그 원칙을 깨버린 건데, 뭔가 특별한 사연이 있지 않겠어요?"

"사연은 무슨 사연. 아까 다 봤잖아."

"그거야 모르죠. 종업원의 실수로 여기까지 올라왔으니, 바다향기에도 책임은 있는 거잖아요."

"그래서 사과의 뜻으로 예약 손님만 받는다는 사층으로 올라갔다?"

젠이 말도 안 된다는 듯 코웃음을 쳤다.

"꼭 그렇다는 게 아니라 예를 들었을 뿐이에요. 뭐, 이것도 시간이 지나면 다 알게 되겠지요."

서머가 아무려면 어떠냐는 듯 어깨를 으쓱이며 빙긋 웃었다. 그리고 그때 기다렸다는 듯 주문한 음식이 나왔다.

"우와, 랍스타야!"

블레인이 제일 먼저 환호성을 질렀다. 어른 팔뚝 굵기만 한 커다란 랍스타가 무려 두 마리나 테이블에 올랐다. 오늘 제프리온의 특별 메뉴는 귀하디귀한 랍스타였던 것이다.

목구멍으로 침이 꼴깍 넘어갔다. 다들 누가 먼저랄 것 없이 무서운 속도로 음식을 집어먹기 시작했다. 중간 중간 블레인이 살짝 커쉬너의 눈치를 보긴 했지만, 그녀의 손 또한 바삐 테이블 위를 오갔다.

그런 그들의 머릿속에는 이미 조금 전 상황에 대해선 사라지고 없었다.

*　　　*　　　*

"예약도 하지 않고 이러기는……."

제프리온의 안내를 받아 사층에 오른 리안은 자리가 썩 편치 않았다. 종업원의 실수가 있긴 했지만, 그만한 이유로 이런 대접을 받을 필요까지는 없다고 생각했다.

반면 보웬 남작은 신이 난 얼굴이었다.

"칼리스타 백작님, 뭐 어떻습니까. 저희가 예약을 하지는 않았지만, 그 종업원 때문에 힘들게 삼층까지 오르지 않았습니까. 마침 오늘은 예약 손님도 없다고 하니, 저희에게도 무척 잘 된 일이지요."

"맞습니다. 저희 직원이 실례를 하였으니 이렇게라도 보답하는 게 마땅합니다. 칼리스타 백작님은 괘념치 마시고 식사하십시오. 음식은 항상 드시던 걸로 가져오겠습니다."

보웬 남작의 앞이라고 저렇듯 말하지만, 리안은 제프리온이 왜 자신을 이곳으로 보냈는지 짐작이 갔다.

남작은 꿈에도 모르겠지만, 바다향기의 실제 주인은 바로 리안이었다.

우습지 않은가. 주인인 그가 자신의 가게에 왔다가 자리가 없어 돌아가야 한다는 사실이.

실제로 리안은 그런 적이 몇 번 있었다. 신경 쓰게 하고 싶지 않아 미리 말하지 않고 갔던 건데, 그때마다 제프리온은 무척이나 죄스러워 했었다. 그것이 그의 잘못이 아님에도. 아마 오늘은 직원이 실수까지 하였으니 더욱 그랬으리라.

그의 마음 씀씀이가 고마운 한편, 리안은 왠지 미안했다.

"그럼 좋은 시간 보내십시오."

"참 괜찮은 사람입니다."

멀어져 가는 제프리온의 뒤에 대고 보웬 남작은 입에 침이 마르도록 칭찬을 아끼지 않았다.

"이런 멋진 음식점을 차려준 것만도 고마운데, 서비스까지 이리도 훌륭하니 앞으로 더 자주 와야겠습니다."

"지금도 충분히 자주 오가고 계시지 않던가요?"

해산물이 살도 찌지 않고, 피부 미용에 좋다는 말에 보웬 남작이 제집 드나들듯 들락거리고 있다는 걸 리안은 알고 있었다.

설마 하루에 두 번이라도 오겠다는 것인가?

"손님 대접을 이리도 황송하게 하니 더욱 자주 와야지요. 제 피부가 전보다 좋아진 거 보이십니까?"

보웬 남작이 손으로 자신의 볼을 훑으며 흐뭇한 표정을 지었다.

확실히 리안의 눈에도 좋아진 것 같기는 하다. 하지만 전부터 워낙 관리를 열심히 해온 탓에 남작은 피부가 원래 좋은 편이었다.

미를 향한 여인들의 욕심은 끝이 없다더니, 남작이 딱 그 꼴이었다.

"예, 뭐……."

리안은 긍정하는 척 고개를 끄덕이다가 화제를 돌렸다.

"그나저나 이번에도 큰 이익을 보셨다고요? 축하드립니다."

"하핫, 벌써 들으셨군요. 이게 다 칼리스타 백작님 덕분입니다."

사업 얘기가 나오자 보웬 남작의 얼굴에 전과는 다른 자신감이 보였다.

리안의 도움으로 의류 사업에 뛰어든 보웬 남작은 큰돈을 벌었다. 그의 고객은 대부분이 귀족 여성들이었는데, 그들의 구매욕을 당기는 데는 남작의 기억력이 한몫 했다.

놀랍게도 그는 귀부인들의 드레스 취향에 대해 비상할 정도로 훤히 꿰고 있었다. 대체 얼마나 많은 여인들을 만나 보았는지는 몰라도 거의 신기에 가까울 정도였다.

어쨌든 남작의 활약으로 현재 그의 사업은 나날이 성장하는 중이었다. 얼마 전부터는 아예 그 재능을 살려 액세서리 사업에까지 뛰어들었다.

엘이 알아본 바에 따르면 남작에게 남은 빚은 이제 리안에게 빌려간 500골드가 유일했다.

"제 덕분이라니요. 보웬 남작님의 높은 안목이 있기에 이루어진 성과입니다."

"제가 안목이 있는 것도 사실이긴 하지요. 하하하."

리안이 칭찬하자 보웬 남작이 금세 헤벌쭉해서는 큰 소리로 웃었다.

"그래서 말입니다. 이번에는 남성복에도 손을 좀 대 볼까 합니다."

"남성복에요?"

"네, 의류 사업을 하다 보니 꽤 많은 남성들에게서 옷에 대한 문의가 들어옵니다. 그들에게도 제가 도움이 되어야 하지 않겠습니까?"

"하지만 보웬 남작께선 여인이라면 몰라도, 남자들의 취향에 대해선 잘 모르시지 않습니까?"

그의 관심사가 오로지 여인이라는 건 황도의 귀족이라면 누구나가 아는 사실이다. 게다가 남성복에 대한 그의 취향은 심각할 정도로 여성적이라서, 손을 댔다가는 아마도 창고에 재고만 늘어나리라.

"후후후, 칼리스타 백작님이 저에 대해 아직 잘 모르시나 보군요."

"……?"

"지난번 제가 뱅크에 방문했을 때를 혹 기억하십니까?"

"뱅크에 오셨을 때라면 두 달 전쯤을 말씀하시는 겁니까?"

"네, 그때 칼리스타 백작님께서 입고 계신 옷이 푸른색 상의에 검정 바지였습니다. 손목에는 오늘처럼 금팔찌를 차고 있었고, 갈색 가죽신에다가 붉은색 수실로 머리를 살짝 목 뒤에서 묶고 계셨죠."

"그걸 다 기억하십니까?"

리안은 깜짝 놀라 물었다. 그러자 남작이 자신의 긴 금발을 어깨 뒤로 찰랑 넘기며 싱긋 웃는다.

"제 기억력이 뛰어나다는 건 이미 알고 계신 줄 알았는데요."

당연히 알다마다. 그 기억력 덕분에 사업이 크게 성공하지 않았던가.

하지만 리안은 그것이 여인에게만 해당되는 것이라고 지레 짐작하고 있었다.

“어떤 분께서 제게 혹시 천재 아니냐고 물으신 적이 있는데, 사실 그렇지는 않고요. 단지 사람을 만나면 그가 입고 있던 옷이라던가, 행동, 말투에 대해서 기억을 좀 오래하는 편입니다.”

“여인이 아니라도 말입니까?”

“네, 상대가 여인이라면 더 즐겁긴 하지만요.”

“관찰력이 대단하신가 보군요.”

“제겐 아주 다행한 일이지요. 많은 여인들을 상대할 땐 이 능력이 아주 큰 도움이 된답니다.”

스스로가 퍽이나 대견한 듯 보웬 남작이 눈을 지그시 감으며 고개까지 주억거렸다.

마지막 말은 조금 기가 막혔지만, 리안은 그보단 놀라움이 컸다. 한정적이긴 하지만 그런 관찰력과 기억력을 가졌다는 것은 무척 특별한 재능이었다.

“전 보웬 남작님의 그러한 능력이 여인에게만 해당되는 줄 알았습니다.”

“하하, 보통 다들 그렇게 생각하고 있을 겁니다. 아마 제가 자신들이 좋아하는 색이라던가 취향, 버릇에 대해 맞추면 깜짝 놀랄 걸요?”

“버릇이요?”

“음식이 준비되었습니다.”

리안이 호기심을 드러낼 때 마침 주문한 음식이 나왔다. 이름도 알 수 없는 갖가지 해산물 요리가 커다란 탁자 위를 차례대로 채우기 시작했다.

보웬 남작이 제일 앞에 놓인 음식으로 손을 가져가며 말했다.

"버릇들도 아주 다양하답니다. 그중에는 별것 아닌 것도 있고, 무척 특이한 것도 있죠."

"예를 들면요?"

"음…… 일단 칼리스타 백작님은 제가 자리에 앉기 전에는 절대 먼저 앉으시지 않더군요. 눈에 띌 정도로 행동하시는 건 아니지만, 매번 만날 때마다 그러시는 걸 보면 아마 배려를 하시는 거겠죠?"

"제가 그랬습니까?"

"버릇이란 게 본인들도 모르는 경우가 종종 있지요."

이해한다는 듯 보웬 남작이 미소를 지으며 말을 이었다.

"칼리스타 백작님은 별것 아닌 버릇이라고 할 수 있습니다. 둘만 있으니 말씀드리는 건데, 사교계의 여왕이라는 레베카 양은 식사 후엔 항상 잠시 혼자 있기를 원합니다. 그 이유가 뭔지 아십니까?"

"글쎄요……."

이름만 알 뿐 리안은 그녀를 만나본 적도 없었다. 파티라면 몇 번 참석해 보았으나 그때마다 공교롭게도 그녀가 여행 중이었기 때문이다.

보웬 남작은 아주 큰 비밀이라도 털어놓듯 목소리를 낮췄다.

"그건 거울을 보기 위해섭니다."

"거울이요?"

"네, 어딜 가든 관심의 대상이다 보니 레베카 양은 자신의 겉모습에 신경을 무척 많이 쓰는 편입니다. 식사 후에는 간혹이 사이에 음식물이 끼는 경우가 있지 않습니까? 그녀는 입속을 체크하기 위해 혼자만의 시간을 갖는 것입니다. 완벽주의자인 그녀다운 버릇이죠."

별로 특이한 버릇 같지도 않은데 보웬 남작은 아무에게도 말하지 말라며 리안에게 신신당부했다. 이후로 그는 식사를 하며 귀족들의 버릇에 대해 이러쿵저러쿵 떠들어 댔다.

초반엔 리안도 꽤 흥미롭게 들었지만 이야기가 길어지자 점점 지루해지기 시작했다.

간간히 고개를 끄덕이는 것으로 대답을 대신하며 먹는 것에 집중할 때였다. 보웬 남작의 입에서 생각지도 않은 이야기가 튀어나왔다.

"크라우저 후작이란 자는 똑바로 서는 법이 없죠. 키는 멀대 같이 커서는 항상 팔짱을 낀 채로 어딘가에 비스듬히 기대어 있는 걸 좋아하더군요. 아주 건방지게 말입니다."

"지금 크라우저 후작이라고 하셨습니까?"

음식을 집던 남작의 손길이 리안의 물음에 잠시 멈칫하더니 이내 웃으며 고개를 끄덕였다.

"아아, 칼리스타 백작님은 처음 들어보시겠군요. 아마 요즘 젊은 귀족들은 잘 모를 겁니다. 크라우저 후작이 워낙 은밀히 지내는 자라서요."

자신도 고작 삼십 대 초반이면서 보웬 남작이 짐짓 어른스러운 척 고상한 표정을 지었다.

"보웬 남작님께선 그를 언제 보신 겁니까?"

"음, 한 십 년 정도 됐을 겁니다. 타운젠드 공작가에 볼일이 있어 찾아갔다가 만나게 되었죠."

"이야기도 나눠 보셨습니까?"

"그럼요. 그땐 또 제가 한창 잘 나갈 때가 아닙니까. 첫 만남이었지만 많은 이야기를 나눌 수 있었습니다. 후작의 눈동자 색이 무척 인상적이었던 게 생각나네요."

그때를 기억하려는 듯 남작이 눈을 가늘게 뜨며 허공을 응시했다.

"흔히 볼 수 없는 색이었나 봅니다."

리안은 자연스럽게 이야기가 이어질 수 있도록 적당히 호응해 가며 경청했다.

"아니요, 흔한 색도 아니지만 그렇다고 아주 특별한 색도 아니었습니다. 단지……."

"……?"

"양쪽 눈동자의 색이 다르다고 할까요?"

"옛?"
"한쪽은 자줏빛, 다른 한쪽은 칼리스타 백작님과 같은 검은 색이었습니다."
"오드아이라는 말씀입니까?"
개나 고양이의 경우 간혹 오드아이를 볼 수 있다. 리안의 성에도 찾아보면 한두 마리 정도는 나올 것이다.
하지만 인간이 오드아이라는 말은 처음 듣는다. 실제로 본다면 아닐 수도 있겠지만, 상상해 보니 왠지 괴기스럽다는 생각이 들었다.
"네, 놀랍지요. 지금도 생각이 납니다. 그 두 개의 눈동자가 가끔 빛을 발할 때면 어찌나 서늘하고 차갑던지, 꿈에 나타날까 무서웠습니다."
"다정한 사람은 아닌가 보군요."
"다정이요? 하하, 언젠가 만나면 아시겠지만, 그런 느낌과는 전혀 거리가 먼 자입니다. 칙칙한 회색 머리칼하며, 온통 검은 빛깔의 옷을 입었던 것으로 보아 음침한 성격이 분명합니다."
"머리색이야 그렇게 타고난 것이고, 옷이란 것도 매일 갈아입는 것인데, 그것으로 사람의 성격을 판단하는 건 왠지 아닌 것 같은데요."
리안이 반박하자 보웬 남작이 크게 손을 휘저었다.
"칼리스타 백작님은 후작을 보지 못했기 때문에 그렇게 말씀하시는 겁니다. 그의 눈빛이 어땠는지 아십니까?"

"……?"

"저와 비슷한 또래인데도 후작의 눈빛은 마치 수십 년은 살아온 자의 눈빛 같았습니다. 매우 깊고 어두우면서도 섬뜩했죠."

"섬뜩하다고요?"

"네, 제가 단순히 그의 용모만 보고 성격을 판단한 것이 아니라는 얘깁니다. 그가 언제 은거를 깨고 세상으로 나올지는 모르겠습니다만, 어쨌든 조심하십시오. 수상한 냄새가 물씬 풍기는 자니까요."

한쪽 눈을 찡긋거리며 한차례 강조를 하고는 남작이 드디어 버릇에 대한 강연(?)을 마쳤다. 수다스러운 그답게 곧바로 다른 화제로 이야기가 넘어갔지만, 리안은 크라우저 후작에 대한 생각으로 집중하기가 어려웠다.

'섬뜩한 오드아이의 눈빛이라…….'

그에 대한 궁금증이 점점 리안의 머릿속에서 증폭되었다.

제2화

청혼

땅땅땅땅!

입구에 들어서자 뜨거운 열기가 온몸으로 전해졌다. 처음엔 그저 시끄럽기만 하던 망치질 소리가 이제는 제법 정감 있게 들려왔다.

소년 젠킨스는 조심스럽게 대장간 안을 가로질러 걸어갔다. 간간히 마주치는 이들이 젠킨스를 알아보고 손을 흔들거나 웃으며 인사를 해왔다. 젠킨스도 그때마다 밝은 얼굴로 반갑게 인사했다.

잠시 후, 젠킨스는 활활 타오르고 있는 불길 앞에 도착했다. 그곳에는 건장한 체구의 사내가 등을 보인 채 서 있었다.

"그룬버그 아저씨."

사내는 다름 아닌 리안의 대장간을 맡은 그룬버그였다. 그가 소년의 음성에 커다란 몸을 돌려세웠다.

"젠킨스, 오늘은 또 어쩐 일이냐?"

열기로 인해 그룬버그의 얼굴은 붉다 못해 까맣게 익어 있었다. 그가 흐르는 땀을 닦으며 젠킨스에게로 다가왔다.

"영주님께서 부르세요."

그룬버그가 가까이 와 서자 안 그래도 더운 주변 공기가 후끈 달아올랐다. 젠킨스는 숨을 훅 들이마시며 한 걸음 뒤로 물러났다.

"지금 말이냐?"

"네, 알만 집사님께서 속히 오라고 하셨어요."

"알겠다. 땀 냄새가 심하니 씻고 가겠다고 전해주거라."

"네, 아저씨. 근데 갑옷은 다 만드셨어요?"

그룬버그가 요즘 한창 기사단의 갑옷 제작으로 바쁘다는 걸 젠킨스는 알고 있었다.

"그게 그리도 궁금하냐?"

"네!"

초롱초롱한 눈빛으로 고개를 힘차게 끄덕이는 젠킨스를 그룬버그가 귀엽다는 듯 내려다보았다.

"근데 어쩌지? 아직 완성하지 못했는데. 하지만 완성되면 네게 꼭 보여주겠다고 약속하마."

"정말이세요?"
"암, 정말이고말고."
"저, 그럼 만져보는 건요? 아무래도 그건……, 안 되겠죠?"
살짝 인상을 쓰는 폼이 괜히 물어본 얼굴이다. 그룬버그는 웃음이 나오려는 것을 참으며 대답했다.
"그럴 리가. 입어보는 것도 아니고 만져만 보는 건데 얼마든지 가능하지."
"우와! 감사해요, 아저씨! 이 은혜는 제가 평생 잊지 않을게요!"
"녀석, 그게 무슨 대단한 거라고 은혜까지 따지는 게냐?"
"기사단이 입을 갑옷이잖아요. 아저씨, 그 약속 정말 꼭 지켜주셔야 해요! 그럼 전 이만 알만 집사님께 가볼게요. 기다리고 계시거든요."
"그래, 조심해서 가거라."
한껏 신이 난 얼굴로 뛰어가는 젠킨스의 뒷모습을 보며 그룬버그는 기분 좋은 미소를 입가에 머금었다.
올해 열네 살의 젠킨스는 다친 다리를 치료해 준 인연으로 영주님께서 거둔 아이였다. 녀석의 어머니는 성의 주방에서 일을 하게 해주었고, 젠킨스는 지금처럼 하인들의 잔심부름을 하며 지내고 있었다.
아직 결혼도 못한 총각이지만, 나이가 나이인 만큼 그룬버그는 젠킨스가 마치 자식처럼 느껴질 때가 있었다. 기사가 꿈이라며 갑옷과 무기에 어찌나 관심이 많은지, 대장간을 하도 기웃거리는 통에 이제는 안 보이면 서운할 정도였다.

'녀석을 위해서라도 서둘러야겠군.'

"포터."

젠킨스의 등에서 시선을 떼며 그룬버그가 누군가를 불렀다. 그러자 조금 떨어진 곳에서 막 담금질을 시작하려던 청년이 냉큼 달려왔다.

"지금 내가 영주님께 가봐야 하니, 오늘 저녁에 한 명도 빠짐없이 모이라고 대신 좀 전해줘. 상의할 게 있거든."

"늦으십니까?"

"글쎄. 가봐야 알겠지만, 그리 늦지는 않을 거야."

"네, 다녀오십시오."

이제 갓 스물을 넘긴 포터지만, 대장간 경력으로 치면 8년이나 된 실력 있는 대장장이였다.

믿음직한 그의 대답에 그룬버그가 어깨를 두드리고는 급히 숙소로 향했다. 영주님을 오래 기다리시지 않게 하려면 서둘러야 했다.

그룬버그가 깨끗이 씻고 단정한 옷차림으로 영주의 집무실을 찾았을 땐 집사인 알만도 함께 있었다.

"부르셨습니까, 영주님."

그룬버그는 안으로 들어가자마자 깍듯이 예를 취하며 리안에게 인사했다.

"그룬버그, 어서 와. 알만에게 들으니 갑옷이 거의 다 완성되어 간다며?"

리안은 그룬버그를 향해 환하게 웃으며 가장 궁금한 것부터 물었다.

"네, 영주님. 빠르면 이달 안으로 완성이 될 것 같습니다."

"이달이면 내가 예상한 것보다 훨씬 빠르네."

"영주님, 말도 마십시오. 밤마다 대장간에서 땅땅거리는 통에 시끄러워서 도무지 잠을 잘 수가 없습니다."

리안을 향해 투덜대고는 있으나 그룬버그를 보는 알만의 눈빛에는 신뢰가 가득했다.

"죄송합니다, 알만 집사님."

알만의 농담을 알아들은 듯 그룬버그가 서글서글하게 웃으며 머리를 긁적였다.

리안은 그런 둘을 흐뭇하게 바라보다가 의자 밑에 두었던 가방을 들어 그룬버그에게 내밀었다.

"이게 무엇입니까?"

"열어 봐."

잠시 고개를 갸웃했지만 그룬버그는 망설이지 않고 가방을 열어 보았다. 안에는 작은 돌멩이 같은 것이 여러 개 들어 있었는데, 한눈에 보기에도 평범한 돌멩이는 아니었다. 다양한 색깔하며 흘러나오는 빛이 예사롭지가 않았다.

"일전에 내가 갑옷 디자인 의논할 때 말했던 거 생각나?"

"……?"

"가슴에 구멍을 내라고 했던 거 말이야."

"아, 그거요. 그러고 보니 크기가……."

갑옷을 제작하기 전 여러 디자인이 논의가 되었는데, 그때 리안이 그룬버그에게 말하길 가슴 부근에 무언가 들어갈 자리를 만들라고 했었다.

어린아이의 주먹 정도 되는 크기로, 지금 가방 속에 들어 있는 돌멩이의 크기가 딱 그랬다.

"응, 맞아. 이걸 그 안에 넣어줘. 중요한 거니까 쉽게 분리되지 않도록 신경 써서 봉합해 주었으면 해."

돌멩이의 정체가 무엇인지는 몰라도 그룬버그는 고개를 끄덕이며 알겠다고 답했다. 그러다가 가방 안에서 다른 것들과는 조금 다른 돌멩이를 발견했다. 크기는 같지만 새어 나오는 빛이 어딘지 달랐다.

"영주님, 이것도 갑옷에 장착합니까?"

"그건 라키 꺼야. 단장인데 단원들과 똑같을 순 없잖아."

"이게 뭔지는 모르겠지만 그분께 이런 게 필요할까요?"

직업이 대장장이다 보니 그룬버그는 기사들과 제법 친분이 있는 편이었다.

갑옷이라는 건 일종의 맞춤복과도 같은 것이었다. 기사마다 체형이 다르니, 개개인에 맞게끔 일일이 치수를 재어 제작함은 물론, 자주 손을 봐줘야 하기 때문에 안면이 없으려야 없을 수가 없는 것이다.

실제로 본 것은 아니지만 라키 단장의 위용은 단원들과 하인들을 통해 귀에 못이 박히도록 들었다. 그들은 모두가 하나같이 라키 단장을 가리켜 지옥의 화신이라고 불렀다.

지옥에 떨어져도 살아 돌아올 만큼 독하고 무섭다는 뜻이었다.

그래선지 그런 모습을 보지도 못했으면서 그룬버그는 라키아를 대할 때면 살짝 긴장이 되곤 했다.

"당연히 필요하지. 그룬버그, 지옥의 화신에게도 갑옷은 필요한 거야."

성의 사람들이 라키아를 존경하는 한편 무서워한다는 걸 리안도 알고 있었다. 처음 지옥의 화신이란 말을 들었을 때 아사와 함께 배꼽 빠지게 웃다가 라키아에게 걸려 모진(?) 고생을 하기도 했었다.

"그나저나 광산 쪽은 어때? 전에 다친 자들은 이제 다 나았어?"

"그들이라면 걱정하지 마십시오. 영주님의 배려로 무사히 완쾌가 되었고, 얼마 전부터는 일을 다시 시작했습니다."

"그 사고를 겪고도 계속 일을 하고 있다고?"

"두렵기는 하지만 영주님께서 그렇게까지 신경 써 주실 줄은 몰랐다면서 더욱 열심히 하겠다고 하던 걸요."

놀란 표정의 리안을 바라보며 그룬버그는 부리부리한 눈 안에 깊은 존경과 감사를 담았다.

얼마 전 컴프턴 산맥의 광산에서는 큰 사고가 있었다. 갑작스레 갱도가 무너지며 아홉 명의 인부가 매몰된 것이다. 그 사고로 두 명이 죽고 일곱 명이 크게 다쳤다.

소식을 전해들은 리안은 직접 산맥으로 가 그들의 안위를 살피고, 치료사를 상주시키도록 지시했다.

죽은 인부의 가족들에게는 위로금을 전달했으며, 부상자들에게는 다치기 전과 같은 임금을 지급했다.

리안의 그 같은 행동은 산맥에서 일하는 자들에게 감동을 주었고 무한한 신뢰감을 갖게 했다.

"열심히 일해 준다면 그보다 기쁜 일이 없지. 어쨌든 앞으로 사고가 나지 않도록 더욱 각별히 신경 쓰도록 해."

"네, 명심하겠습니다. 광산에서도 이번 사고 때문에 전보다 조심을 하는 눈치입니다. 그러니 너무 걱정하지 마십시오."

"그래, 알았어. 참, 갑옷에 필요한 재료들은 아까 창고에 가져다 놨어."

"벌써 가져오신 겁니까?"

안 그래도 막 그것에 대해 물어보려던 참이었다. 그룬버그가 반색하며 눈을 빛냈다.

광산에서 캔 광물을 리안은 워프 마법을 통해 직접 성으로 운반하고 있었다. 리안이 마법사란 사실을 모르는 그룬버그는 처음에 조금 의아해하는 듯했지만, 일이 바빠선지 아니면 모른 척하는 건지 별달리 묻지는 않았다.

갑옷이 완성되는 그날 그룬버그에게도 리안은 자신의 존재를 밝힐 생각이었다. 지금이야 괜찮지만 이런 상태가 지속된다면 그도 의문을 품게 될 것이기 때문이다.

아직 알고 지낸 지 얼마 되지는 않았지만, 리안은 그룬버그의 충성심을 의심하지 않았다. 한사코 말을 놓으라고 요청하던 그는 영락없는 마음씨 좋은 동네 아저씨 같았다.

따듯하고 푸근하면서도 정이 많은, 그러나 대장간 일에서만큼은 한 치의 어긋남도 용납하지 않는 철저한 사람.

그룬버그를 아는 모든 사람들은 그를 그렇게 평가하고 있었다.

"그럼 저 먼저 나가보겠습니다."

리안과 알만에게 급히 인사를 하고는 그룬버그가 서둘러 몸을 일으켜 밖으로 나갔다.

"대장간 일이 저리도 재밌을까요?"

알만이 못 말리겠다는 듯 문을 바라보며 고개를 저었다.

"아마 저런 걸 보고 천직이라고 하겠지."

"네, 그룬버그에겐 정말 천직 같습니다."

"알만도 만만치 않아."

"네?"

"알만도 내가 볼 땐 집사가 천직이야. 난 알만처럼 유능한 집사는 본 적이 없거든."

"하핫, 과찬이십니다."

리안의 칭찬이 민망했던지 알만이 들고 있던 서류로 입가를 가리며 멋쩍게 웃었다. 리안이 잠시 기다렸다가 물었다.

"공사는 잘 돌아가고 있는 거야?"

"아카데미라면 걱정하지 마십시오. 사고 없이 척척 잘 진행되고 있습니다. 이렇게만 간다면 조만간 완공도 머지않았습니다."

"알만이 수고가 많네. 아카데미 일은 다른 어느 것보다 중요하다는 거 알고 있지? 끝까지 최선을 다해줘."

"걱정 마십시오. 밑의 사람들도 영주님의 뜻을 아는 모양인지 다들 열심입니다."

"그렇다면 다행이고. 그럼 이제 슬슬 마지막 작업을 할 때가 온 건가?"

"마지막 작업이라니요?"

알만이 그게 무슨 소리냐는 듯 눈을 둥그렇게 떴다. 리안은 한쪽 눈을 찡긋하며 일어섰다.

"뭐긴 뭐야. 선생 모집이지."

"아……."

"건물만 짓는다고 다가 아니잖아. 똑똑한 학생을 키우려면 실력 있는 선생이 필요해."

"생각하신 바라도 있으십니까?"

"그럼 있지. 정보 길드는 이럴 때 쓰라고 있는 거야, 알만."
엘을 떠올리며 리안은 싱긋 웃었다.
"그럼 이제 그만 황도로 가봐야겠어. 특별히 다른 문제는 없는 거지?"
"네, 요즘 비가 안 내리는 것만 빼면 다 괜찮습니다."
"한 달 정도 되었나?"
"한 달 하고 열흘이 더 지났습니다. 소문에 듣자하니 저희 영지뿐 아니라 제국 전역이 다 그런 모양입니다."
계속 비가 내리지 않으면 가뭄으로 이어질 것이고, 가뭄이 들면 농작물은 다 말라 버릴 것이다. 알만은 이것이 흉년으로 이어질까 내심 불안했다.
반면 걱정스럽긴 하지만 리안의 얼굴에는 아직 여유가 있었다.
"알만, 날씨는 인간인 우리가 어떻게 할 수 있는 게 아니야. 그러니 미리부터 너무 염려하지 마."
"……."
"그리고 만약 흉년이 든다면 힘들기는 하겠지만, 전처럼 굶어죽는 영지민은 없을 거야. 내가 그렇게 두지 않아."
"저도 영주님이 모른 척하실 거라고는 생각하지 않습니다."
예전이라면 모를까. 지금의 리안은 영지민의 안전을 최우선으로 여기는 영주였다. 알만도 그런 걱정까지는 하지 않았다.
"그러니 마음 편안히 가져. 세상엔 어쩔 수 없는 것들도 있으니까."

"네, 알겠습니다."

"그럼 난 정말 가볼게. 사흘 뒤에 봐."

"살펴 가십시오."

알만의 배웅을 뒤로하고 리안은 워프 게이트에 몸을 실었다. 잠시 후 리안의 몸이 빛과 함께 사라졌다.

* * *

"레지나, 엄마는 말이지. 네 나이 때……."

"네, 알아요. 오빠를 가지셨잖아요. 저보다 어릴 땐 결혼까지 하셨구요."

벌써 몇 번째 반복되는 말인지 모르겠다. 레지나는 한숨을 푹 내쉬며 오웬에게 하소연했다.

"하지만 전 아직 생각이 없어요. 오빠도 혼자잖아요."

"리안은 남자잖니. 여자는 남자와 다르단다, 레지나."

"요즘은 이십 대에 결혼하는 여자들도 많다고 들었어요. 전 아직 열아홉밖에 안 됐다고요, 엄마."

"엄마가 언제 지금 당장 결혼하래? 남편감을 고르려면 일단 만나라도 봐야 하는데, 네가 도통 파티에 가려고 하질 않으니 이러는 거 아니니."

"아카데미 일로 바쁜 거 아시잖아요."

"레지나, 오늘은 주말이란다."

평일에는 성에서 학생들을 가르치고, 주말에는 황도의 저택에서 엄마와 함께 지내는 레지나였다. 황도에선 특별히 하는 일도 없으면서 파티에 가기를 꺼려하는 딸을 오웬은 도통 이해할 수가 없었다.

"주말에는 저도 공부해야죠. 제가 알고 이해하는 만큼 학생들을 가르칠 수 있으니까요."

야무진 딸의 대답에 오웬은 잠시 할 말을 잃었다. 그 틈을 타 레지나는 황급히 말을 이었다.

"저도 혼자 늙고 싶진 않아요. 때가 되면 알아서 갈 테니까 지금은 좀 봐주세요. 네?"

"그럼 한 달에 한 번, 아니, 두 달에 한 번이라도 가는 건 어떻겠니?"

"엄마, 지금은 노는 것보다 공부가 더 재밌어서 그래요. 엄마는 제가 파티장에서 재미없는 얼굴로 혼자 멀뚱히 서 있으면 좋으시겠어요?"

"전에는 친구들과 어울리고 춤추는 것도 좋아했잖니."

"그건 한때죠. 이젠 그런 거 재미없어요."

레지나는 딱 잘라 말했다. 믿을 수 없다며 오웬이 의심에 찬 시선을 보냈지만, 그 말만큼은 레지나의 진심이었다.

또래의 친구들을 자주 볼 수 없는 건 분명 아쉬운 일이지만, 그가 없는 곳에서 자신에게 치근대는 다른 사내들과 춤을 추고 싶지는 않았다.

약속된 사이는 아닐지라도 왠지 배신행위 같아 마음이 불편했다.

"스페이더 자매가 엄마만 보면 레지나는 언제쯤 볼 수 있냐고 매일같이 묻는단다. 레지나, 넌 비키와 베스가 보고 싶지도 않니?"

스페이더 자매는 레지나가 황도의 파티에 처음 참석했을 때 사귄 친구들로 가장 친하게 지내는 이들이었다. 레지나는 문득 친구들의 얼굴이 떠올랐다.

"안 그래도 만난 지 오래된 것 같아 얼마 전에 편지를 보냈어요."

"편지?"

"네. 가까운 시일 내로 제가 스페이더 가에 놀러가든가, 비키와 베스가 방문을 하든가 할 거예요."

레지나가 막힘없이 대답하자 오웬이 밉살스럽다는 듯 흘겨봤다.

"비키는 조만간 결혼을 할지도 모르겠던데, 혹시 알고 있니?"

"전에 좋아하는 사람이 있단 얘기는 들었어요. 누군지는 나중에 말해준다고 해서 모르지만."

"드레이퍼 가문의 장남이란다. 나이는 조금 많지만 자상한 성격이라서 비키를 잘 챙긴다고 하더구나."

"나이가 얼마나 많은데요?"

"글쎄다. 서른이라고 했던가?"

"헉! 그렇게나 많아요?"

비키가 레지나와 동갑이니 무려 나이 차이가 열한 살이나 나는 셈이었다. 생각보다 많은 나이에 레지나는 깜짝 놀랐다.

"레지나, 아빠도 엄마보다 여덟 살이 많으셨단다."

"엄마, 여덟 살이랑 열한 살은 다르죠. 너무 아저씨 같잖아요."

상상을 하니 레지나는 절로 인상이 찌푸려졌다.

"레지나, 넌 좋아하는 사람 없니?"

"넷?"

오웬의 갑작스런 물음에 레지나는 눈을 홉뜨며 새된 목소리를 뱉었다.

"가, 갑자기 그건 왜요……?"

"비키에게 들었다면서. 결혼할 상대를 비키가 어릴 때부터 무척 좋아했다고 하잖니. 스페이더 남작 부인도 몰랐다고 하니, 레지나 너도 엄마 몰래 혹시 좋아하는 사람이 있는지 물어보는 거란다."

"저는…… 없어요."

"없어?"

대답이 늦는 게 어딘지 수상했다. 딸을 보는 오웬의 눈이 가늘어졌다.

"네, 제가 누굴 만날 시간이라도 있었나요."

"그래도 황도에 처음 왔을 땐 파티에도 곧잘 가곤 했잖니. 그때 마음에 드는 사람이 조금도 없었니?"

"엄마도 참. 한두 번 본 걸로 어떻게 판단해요. 적어도 다섯 번은 만나봐야죠."

"레지나, 남녀 사이의 감정은 잠깐의 스침으로도 생겨날 수 있는 거란다."

오웬은 진중한 눈길로 딸을 바라보며 타이르듯 말했다.

잠깐의 스침…….

오웬의 말은 레지나로 하여금 누군가를 생각나게 했다.

엄마의 말씀이 옳다. 그 잠깐의 스침으로 레지나도 지금껏 누군가를 마음에 품고 있으니.

2년이란 시간이 흘렀지만 그에 대한 마음은 사그라지지 않고 오히려 점점 깊어가고만 있었다.

'레지나……?'

딸의 얼굴에 갑자기 낯선 표정이 떠오르자 오웬은 가슴이 철렁했다. 자신을 닮은 딸의 눈동자에 스민 것은 분명 슬픔이었다.

"엄마, 전 그만 올라가서 공부해야겠어요. 이따 저녁 시간에 봬요."

"그래, 그때 보자꾸나……."

레지나는 금세 밝은 본연의 모습으로 돌아갔지만 오웬은 찜

찜한 기분을 떨칠 수가 없었다. 이상하게 불안했다.
딸에게 혹시 무슨 일이 있는 것은 아닐까?
어릴 때부터 워낙 똑똑해 자기 일은 알아서 하며 자라온 아이였다.
지금도 혼자 끙끙거리며 고민하고 있는 것은 아닌지…….
자꾸만 드는 불안한 상상에 레지나가 나가고 한참이 지나도록 오웬은 자리에서 일어날 수가 없었다.

똑똑.
"레지나 아가씨, 손님이 오셨습니다."
오늘도 일이 바쁜지 저녁 시간이 되었음에도 리안은 귀가하지 않았다. 어머니와 단둘이 식사를 마치고 방에서 책을 보며 휴식을 취하고 있던 레지나는 고개를 갸웃했다.
"이 시간에……?"
"네, 럼블리 백작님이십니다."
황제의 서찰을 전하기 위해 본의 아니게 럼블리 백작은 주말이면 저택을 찾는 손님이었다.
그러나 한 번도 이런 늦은 시각에 온 적이 없었기에 레지나는 의아했다. 더구나 그분에게 답장을 쓰지 않은 지 한 달이 넘지 않았는가.
또 서찰을 갖고 오신 것일까?
"응접실로 모시도록 해."

레지나는 불안한 기색을 애써 숨기며 아래층으로 향했다.

늦은 시각답게 저택은 고요했다. 아직 잠자리에 드시지 않은 듯 어머니의 침실 앞을 지날 때 안에서 불빛이 새어 나왔다.

"브로닌, 따듯한 차 좀 부탁해."

"네, 아가씨."

레지나는 나직한 음성으로 하녀에게 지시한 후 응접실 안으로 들어갔다.

"럼블리 백작님, 이 시간에 어쩐……!"

중앙에 놓인 소파를 향해 무심코 걸어가던 레지나는 말을 잇지 못하고 중간에 멈춰 섰다.

그녀의 눈은 럼블리 백작이 아닌 옆을 보고 있었다. 백작은 혼자가 아니었다. 칠흑 같은 까만색 로브를 눌러쓰고 있지만 분명 그였다.

제국 로젠바움의 황제, 라테스 크로멜 카터 3세.

그가 직접 레지나를 찾아왔다.

"그동안 잘 지냈습니까?"

레지나가 멈춰 선 채 말이 없자 라테스가 물었다. 그는 묘한 표정을 짓고 있었다. 레지나를 만났다는 사실에 반가워하면서도 어딘지 우울해 보인다고 할까.

그 우울함의 정체를 알기에 레지나는 마음이 무거워졌다.

"……폐하를 뵈옵니다."

그녀가 표정을 숨기며 뒤늦게 허리를 숙였다.

"폐하, 전 밖에서 기다리겠습니다."

레지나가 예를 취하고 어찌해야 하나 망설이고 있을 때, 갑자기 럼블리 백작이 자리에서 일어섰다.

레지나는 깜짝 놀라 백작을 바라봤다. 반면 이미 이야기가 오간 듯 라테스의 시선은 여전히 레지나를 향해 있었다.

"……."

레지나의 고개가 문으로 향하는 럼블리 백작을 따라 움직였다. 당황스러움이 고스란히 드러난 탓인지, 백작이 미안한 눈빛을 보내며 밖으로 나갔다.

'어떡하지.'

황제와 단둘이 남게 되자 레지나는 2년 전 황궁에서의 일이 떠올랐다. 나이를 두 살이나 더 먹었지만, 어찌할 바를 모르겠는 건 그때나 지금이나 똑같았다.

"그렇게 계속 서 있을 건가요?"

"아, 아닙니다, 폐하."

황제의 꾸짖는 듯한 말투에 레지나는 용기를 내 소파를 향해 걸어갔다.

따가운 그의 시선이 뾰족한 가시처럼 가슴에 와 꽂혔다. 열 걸음이 채 안 되는 거리가 오늘따라 무척이나 길게 느껴졌다.

그는 왜 이곳에 온 걸까?

그가 왔다는 사실만으로 가슴이 뛰는 한편 레지나는 이유가 궁금했다.

한 걸음 한 걸음 내딛을 때마다 그와 주고받았던 서찰의 내용이 떠올라 그녀의 가슴을 아프게 했다.

레지나는 자리에 앉으며 힐긋 눈을 들어 황제의 얼굴을 살폈다.

'아.'

탄식이 새어 나왔다. 그간 마음고생이 심하였는지 많이 야위셨다.

햇볕에 보기 좋게 그을렸던 피부도 본래의 색을 잃고 거칠기 짝이 없다.

그의 나이 올해로 스물하나.

국혼을 서둘러야 한다는 귀족들의 상소가 수년 째 끊이지 않고 올라오고 있다 들었다. 지금까지는 황태후의 병환을 핑계로 버티었지만, 얼마 전 황태후께서도 병을 떨쳐내시고 일어나셨다.

더 이상 물러설 곳이 그에겐 없다.

그래서 멈추었다.

럼블리 백작을 통해 매주 전하던 서찰을 레지나는 언젠가부터 쓰지 않았다. 그를 욕심내서는 안 된다는 걸 어느 순간 깨달았기 때문이다.

감히 품을 수 없는 분.

레지나는 인정할 수밖에 없는 그 사실에 입술을 깨물며 지

그시 눈을 감았다.

"너무 늦은 시간에 찾아온 건 아닌지 모르겠습니다."

"……아닙니다, 폐하."

"짐작하고 있는지 모르겠지만 답장이 없어서 직접 왔습니다."

"……."

"이반의 말로는 더 이상 서찰을 쓰지 않겠다고 하셨다는데, 그 말이 사실입니까?"

애써 평상심을 유지하고 있지만 라테스의 음성은 약간 떨리고 있었다.

계속 시선을 피한 채 눈을 내리깔고 있는 레지나를 그가 야속하다는 듯 쳐다봤다.

"대답해 주십시오."

레지나가 말이 없자 라테스가 다시 요구했다. 그러나 황제의 명임에도 레지나의 다문 입은 열리지 않았다. 무릎 위에 놓인 손만이 그녀의 심정을 대변하듯 옷자락을 세게 움켜잡고 있었다.

"침묵은 긍정이라는 말이 있습니다."

상처 입은 듯한 황제의 어투에 레지나의 어깨가 흠칫 떨렸다.

편지 쓰기를 그만둔 건 그녀에게도 어려운 결정이었다. 그 때문인지, '네' 라고 한마디만 하면 되는 것을 이상하게도 목소리가 나오지 않았다.

어쩔 수 없는 결정이었지만 황제가 상처받지 않기를 레지나는 진심으로 바랐다.

"지난 2년 동안 우리는 많은 서찰을 주고받았습니다. 비록 함께 시간을 보내지는 못했지만, 서찰을 볼 때마다 전 우리가 함께하는 기분을 느꼈습니다. 저만 그렇게 생각한 겁니까?"

그간의 일이 떠오르며 라테스는 새삼 서운한 감정이 들었다.

그녀에게는 정녕 그동안의 일이 아무것도 아니었단 말인가?

처음 답장이 없을 땐 의아하단 생각만 했지, 그것이 두 번, 세 번으로 이어지자 마음이 불안해졌다.

그래서 찾아왔다. 자신이 혹 무슨 잘못이라도 한 것은 아닌지 묻기 위해.

"만약 제가 기분을 상하게 한 점이 있었다면 사과하겠습니다. 그러니……."

"아닙니다! 어찌 폐하께서 제게 사과를 하십니까!"

돌연한 황제의 사과에 레지나는 깜짝 놀라 소리쳤다. 우습게도 이런 상황에 황제의 '우리'란 말에 가슴이 두근거렸다.

"드디어 말문을 여셨군요."

"……!"

자기도 몰래 고개를 들었던 레지나는 마주친 황제의 눈빛이 순간 너무 애틋하여 차마 고개를 돌릴 수가 없었다.
라테스는 그동안 보지 못한 것에 대해 보상이라도 받듯 한동안 레지나의 얼굴을 가만히 바라보고만 있었다.
조그만 얼굴, 짙은 푸른색 눈동자, 앙증맞은 코, 앵두 같은 입술.
모든 게 라테스 그가 기억하던 모습 그대로였다. 달라진 점이 있다면 이전보다 조금 성숙해진 느낌이랄까.
하지만 소녀에서 여인이 되었음에도 라테스의 눈엔 여전히 귀엽고 사랑스럽게만 보였다.
레지나를 마주보고 있는 것만으로도 그는 숨통이 트이는 기분이었다.
신기하면서도 묘하다. 바라보는 것만으로도 심신의 피로가 날아가다니.
'훗.'
오랜만에 입가에 미소가 그려졌다.
'그래, 이것이 답이라면 기꺼이…….'
라테스는 결심을 굳혔다.
"지난 2년간 칼리스타 양은 제게 휴식처와 같았습니다. 골치 아픈 일이 있어도 그대를 생각하며 웃었고, 서찰을 읽으며 마음을 안정시켰습니다.
"폐하……."
"많이 생각했습니다. 나로 하여금 그대가 다치지는 않을

지……."

"……."

"하지만 칼리스타 양을 향한 제 마음을 도저히 접을 수가 없었습니다. 저의 결정이 그대를 힘들게 할지라도 내 이기심 때문에 놓아 버릴 수가 없었습니다."

또박또박한 말씨였지만 라테스의 음성은 매우 격앙되어 있었다. 그는 잠시 숨을 고르듯 말을 멈추고 레지나를 바라봤다.

두근두근.

언제나 그렇지만 황제의 강렬한 눈빛 앞에 레지나는 다시금 심장이 쿵쾅쿵쾅 뛰었다.

"이틀 뒤 대전 회의에서 발표할 겁니다. 그대와 혼인을 하겠노라고."

"폐, 폐하……?"

레지나는 자신이 지금 무슨 말을 들었는지 이해가 되지 않았다. 갑자기 사고 회로가 정지된 듯 아무 생각도 할 수가 없었다.

그때 황제가 너무나도 부드럽게 웃으며 레지나에게 청했다.

"레지나, 부족하지만 나와 결혼해 주시겠습니까?"

머릿속이 그대로 멍해졌다. 주변의 시야 또한 차단됐다. 응접실 전체가 뿌옇게 변하더니 오로지 황제만이 그녀의 눈을 채웠다.

그가 말했다.

자신과 혼인을 해달라고.

"헉! 뭐, 뭐라구요?"

그제야 라테스의 말을 이해한 레지나가 자리에서 벌떡 일어섰다. 동시에 그녀의 심장이 무섭도록 뛰기 시작했다.

결혼이라니!

황제의 청혼에 레지나의 머릿속은 그야말로 새하얗게 타올랐다.

제3화

황제의 꿈

황도로 돌아온 리안이 엘을 만나기 위해 찾은 곳은 예전의 허름한 식당이 아닌 바다향기의 오층이었다. 남들에게는 사장인 제프리온의 거처로 알려진 곳이지만, 실상은 엘이 업무를 보는 곳이었다.

출입구가 건물 밖으로 따로 나 있고 비밀스럽게 감추어져 있기 때문에 리안이 오고가는 데에는 아무런 문제가 없었다.

“오셨어요?”

리안이 들어서자 엘이 하던 일을 멈추고 일어서며 반갑게 인사했다. 늦은 시각의 방문이었지만 이미 그녀에게는 익숙한 일이었다.

"제가 또 정신없이 바쁠 때 찾아온 겁니까?"

엘의 책상에는 평소보다 두 배는 많은 종이뭉치들이 올라와 있었다. 아무렇게나 섞여 있는 종이 더미 옆으로 차곡차곡 쌓여 있는 종이들이 있는 것으로 보아 분류 작업을 하고 있는 듯 했다.

"아닙니다. 이곳으로 앉으세요."

엘은 괜찮다며 리안을 자리로 안내했다.

"올라오다 보니 늦은 시각까지 손님이 많더군요. 오늘은 재밌는 얘깃거리 없었습니까?"

리안은 소파를 지나쳐 창가로 걸어가 아래를 내려다보았다. 컴컴한 밤이었지만 황도의 가장 큰 번화가답게 곳곳에서 불빛들이 반짝였다.

"보시다시피 아직 정리를 다 못해서요."

"정리한 것만 말씀해 보세요."

"음……. 이게 재밌는 얘긴지 아닌지는 모르겠지만, 레베카 양이 여행에서 돌아왔답니다. 내일 헤이스버트 백작 부인이 여는 파티에 참석한다는군요. 다들 그 얘기로 시끌벅적합니다."

"여왕의 귀환인가 보군요. 그래, 이번에는 어디를 다녀왔다고 하던가요?"

"소문에는 하이엔 공국에 다녀왔다고 하는데, 정보통에 의하면 가르시아 왕국에서 국경을 넘었다고 합니다."

"가르시아요?"

리안은 다소 놀란 얼굴로 돌아섰다.

가르시아 왕국이라면 제국의 동쪽에 위치한 작은 반도 국가로, 대륙의 다른 왕국과는 다른 신기하면서도 독특한 문화를 간직한 곳이었다.

제국의 주변 국가들이 전쟁에 패해 대부분 공국 신세가 된 반면, 가르시아는 오랜 세월 독립을 유지한 채 독자적으로 발전해 왔다.

그건 가르시아에 숨은 힘이 있어서이기도 하지만, 가장 큰 이유는 제국과 경계를 이루고 있는 록크산 덕분이었다.

대륙에서 가장 높은 산은 아닐지라도 워낙 경사가 심하고 위험한 골짜기가 많다 보니 본의 아니게 방패 구실을 한 것이다.

지금은 두 나라 간에 국교도 수립되고 상단의 활동도 왕성한 편이지만, 여전히 여행자들이 오가는 데에는 많은 위험이 따르는 실정이었다.

그래서 가르시아 왕국에서 나는 상품은 동방에서 어렵게 들여온 물건이라는 명목으로 비싼 가격에 거래가 되고 있었다. 실제로 개중에는 대륙에서는 구하기 힘든 뛰어난 재질의 물품이 있기도 했다.

"아마도 하이엔 공국에서 배를 탄 것이 아닐까 생각하고 있습니다. 육로보다는 그 편이 안전하니까요."

"록크산을 넘는 것보다는 낫겠지만, 배편도 만만치 않다고 들었습니다."

"네, 해류의 흐름이 빠른 데다가 불규칙하기 때문에 조난 사고도 흔히 일어나곤 합니다. 그래서 물귀신이 될 바에야 차라리 산귀신이 되겠다며 록크산을 택하는 사람도 많지요."

"레베카라는 분이 갑자기 대단하게 느껴지네요. 여인의 몸으로 그러한 곳을 다녀오다니."

"……레베카 양을 보신 적이 없으십니까?"

전혀 모르는 사람을 얘기하는 듯한 리안의 말투에 엘은 의아하단 표정을 지었다.

"네, 파티에 몇 번 참석하긴 했었는데 그때마다 여행 중이라고 하더군요."

"아, 그러셨군요. 사실 레베카 양이 가문과 미모 덕분에 사교계의 여왕이라고 불리고는 있지만, 파티에는 많이 참석하지 않는 편입니다. 여행을 워낙 자주하다 보니 황도에 있는 시간 자체가 별로 없기도 하고요."

"여행을 정말 좋아하는 분인가 봅니다. 그런데 당연히 호위기사가 있겠지만, 여인이 장시간 여행을 한다는 건 좀 위험하지 않습니까?"

"글쎄요. 상황에 따라 다르겠지만, 아마 크게 위험하지는 않을 겁니다. 여행을 좋아하는 손녀를 위해 타운젠드 공작이 자신이 아끼는 기사단을 통째로 내줬다는 건 제국민이라면 다

아는 사실이니까요. 그리고 설사 위험한 상황이 닥친다 해도, 어느 누가 감히 공작의 손녀를 해치려 하겠습니까. 몸값을 요구하면 요구했지."

"그 제국민이 다 아는 걸 전 지금에서야 알았군요."

소파로 향하는 리안의 입가에 피식 실소가 흘렀다.

'손녀딸의 유람을 위해 기사단까지 내주는 공작이라…….'

피도 눈물도 없는 철혈재상이라 불리는 자가 손녀에게 하는 것을 보니 왠지 생각만큼 무섭지는 않을지도 모를 거란 예감이 들었다.

더불어 갑자기 이름도 모르는 기사단이 조금 불쌍하단 생각이 들었다.

"궁금하시면 내일 파티에 참석해 보는 건 어떻습니까?"

"아니요, 됐습니다. 인연이 되면 언젠가 만나겠지요. 파티는 꼭 가야 할 때가 아니면 피하고 싶습니다."

리안도 라키아처럼 파티 체질은 아니었다. 그가 고개를 저으며 본론으로 들어갔다.

"그보다 오늘은 부탁할 것이 있어 찾아왔습니다."

"네, 말씀하세요."

여전히 의뢰를 부탁이라 말하는 리안을 엘이 묘한 시선으로 바라보며 메모장을 펼쳤다.

"사람을 좀 찾아주세요."

"사람이라면 어떤 사람을 말씀하시는 건지……."

“세공사와 선생이 필요합니다.”

선생이라면 아카데미를 짓고 있으니 그리 이상한 요구는 아니었다. 아직 리안에게 말하진 않았지만 이미 사람을 풀어 알아보고 있는 중이기도 했다.

하지만 세공사는 조금 의외였다.

보석점이라도 내시겠다는 건가?

“세공사라면 보석이나 유리를 세공하는 그런 사람들 말인가요?”

“네, 솜씨 좋은 자들로 대여섯 정도 알아봐주세요. 영지로 직접 가서 해야 하는 일이니 미리 말하는 게 좋을 겁니다. 보수는 넉넉히 지불할 생각이에요.”

“어떤 일인지 구체적으로 말씀해 주실 수는 없나요? 그래야 사람을 뽑을 때 좀 더 수월해서요.”

“세공사이니 세공일을 맡길 겁니다. 와보면 알 거라고 해주세요.”

“……알겠습니다.”

일이라는 게 어떤 건지 궁금했지만 엘은 깊게 생각하지 않았다. 어차피 나중에 알게 될 일이고, 이제는 리안이 먼저 얘기하는 성격이 아니란 걸 아는 탓이다.

바다향기의 숨겨진 마법사가 리안이란 걸 알았을 때 엘은 정말 깜짝 놀랐었다. 마치 보존 마법쯤은 아무것도 아니라는 듯 가볍게 마법을 펼치는 리안을 보고 한동안 놀라서 아무 말도 하지 못했었다.

워프 게이트는 또 어떤가?

이젠 어떠한 일이 닥쳐도 그때보다 놀랄 일은 없을 거라고 엘은 장담했다.

"선생은 딱히 인원수를 정하지 않았어요. 현재 아카데미에서 일하고 있는 분들과 과거에 학생을 가르친 경험이 있는 사람이라면 모두 조사해 주세요. 그중에서 가장 좋은 선생을 뽑아야 하니까요."

"나이는 상관없나요?"

"가르치는 데에 지장만 없다면 나이는 상관없습니다. 다만 학생들에게 모범이 되어야 하니 특별히 성품에 대해서는 신경 써주세요. 이왕이면 실력도 좋고 열의 있는 선생들이 와주었으면 좋겠네요."

"알겠습니다."

"참! 그러고 보니 할 말이 있습니다."

엘이 메모하는 걸 지켜보고 있자니 리안은 며칠 전 보웬 남작을 만났을 때가 떠올랐다. 그간 시간이 없어 후작에 대한 얘기를 아직 엘에게 하지 못한 것이다.

"얼마 전에 보웬 남작에게 들은 얘기가 있습니다."

"사층에서 식사하셨을 때 말이군요."

"그새 소문이 났습니까?"

"예약도 하지 않고 오르시는 바람에 화가 난 귀족이 한둘이 아니었습니다. 물론 제프리온이 이유를 잘 설명했기에 지금은 오해가 풀리긴 했지만요."

"풀렸다니 다행이네요. 아무튼 지금 할 말은 크라우저 후작에 관한 겁니다."

"크라우저 후작이요?"

갑자기 예고도 없이 크라우저 후작이 거론되자 엘의 눈동자가 급격히 커졌다.

"근래는 아니고 한 십 년 전쯤 우연찮게 타운젠드 공작가에 갔다가 후작을 만났다고 하더군요. 그를 통해 후작에 대해 몇 가지 알아냈습니다."

잠시 얼떨떨한 표정을 짓긴 했지만, 엘은 곧 정신을 모으고 집중했다.

"일단 나이는 삼십 대 초반으로 잡으면 될 것 같습니다. 장신의 키에 블랙 계열의 옷을 선호하고, 성격은 다소 무뚝뚝한 편인 듯합니다."

"삼십 대면 나이가 생각보다 적은데요?"

"저도 그 점이 조금 이상하긴 한데, 보웬 남작이 또래라고 표현을 하더군요."

"젊어 보이는 얼굴일 수도 있지 않을까요?"

"그럴 수도 있을 겁니다. 하지만 보웬 남작이 눈썰미가 좋은 편이니 큰 차이는 없을 거예요. 그리고 제일 중요한 건, 오드아이라고 합니다."

"오드아이요?"

바삐 움직이던 엘의 손길이 멈췄다. 그녀가 인상을 쓰며 고개를 들었다.

"네, 자주색과 검정색이라고 하더군요. 저도 처음 들었을 때 깜짝 놀랐습니다. 사람에게도 오드아이가 있을 줄은 몰랐거든요."

"없는 건 아니지만 그리 흔하지도 않지요. 크라우저 후작이 오드아이라니……. 왠지 좀 신기하네요."

오드아이를 가진 사람이 있다는 걸 들어서 알고는 있지만, 지금껏 한 번도 본 적은 없었다. 그만큼 희귀하기 때문이다.

비밀에 쌓인 후작이란 자가 오드아이라고 하니 엘은 어쩐지 기이한 기분이 들었다. 뭔가 오싹했다.

"보웬 남작과 연을 맺고 처음으로 보람을 느꼈습니다. 대단한 정보는 아니지만, 크라우저 후작에 관한 조사에 도움이 되었으면 합니다."

"도움이 되고말고요. 저도 처음으로 보웬 남작이 쓸모 있는 사람이란 생각이 드네요."

"저런, 보웬 남작이 들으면 서운해 하겠습니다."

"네?"

"누가 뭐래도 바다향기의 최고 단골손님이지 않습니까. 지금도 삼층에서 여인과 함께 오붓한 시간을 보내고 있는 걸 제가 보고 왔습니다."

상대 여성의 손을 열심히 주무르고 있던 남작을 떠올리며 리안은 희미한 미소를 지었다.

"그럼 전 이만 가볼 테니 마저 일 보십시오."

늘 그렇지만 오늘도 리안은 용건이 끝나자 바로 일어섰다.

"조사가 끝나는 대로 연락드리겠습니다."

알 수 없는 서운함을 느끼며 엘이 무뚝뚝하게 인사했다. 왔을 때처럼 조용히 문을 열고 사라지는 리안의 뒷모습을 한참을 바라보다가 그녀가 한숨을 쉬며 책상으로 향했다.

* * *

"럼블리 백작님, 이 시간에 어쩐 일이십니까?"

밤늦게 저택으로 돌아온 리안을 맞은 것은 황당하게도 럼블리 백작이었다. 뭐 마려운 강아지처럼 홀을 이리저리 서성이던 그가 리안을 보더니 부리나케 뛰어왔다.

"이제 오시면 어떡합니까! 제가 얼마나 기다렸는지 아십니까?"

"……저를 또 기다리셨습니까?"

불현듯 옛 기억이 떠오르며 리안은 미간을 찌푸렸다.

"어서 입궁할 채비 하십시오."

"이 시간에 말입니까?"

"네, 폐하께서 기다리고 계십니다."

"지금 시간이 자정이 넘었습니다. 폐하께서 어찌 저를……."

"그건 가보시면 압니다. 어서 가시지요!"

당황하는 리안의 팔을 잡더니 럼블리 백작이 어서 가자며 재촉했다.

"아, 저……."

"마차는 이미 대기시켜 놓았습니다."

끌어당기는 힘이 어찌나 센지 리안은 반항 한 번 못하고 질질 끌려갔다.

밖에는 정말로 사륜마차가 달릴 준비를 마친 상태였다. 리안이 먼저 타고 백작이 오른 순간, 마부의 힘찬 음성과 함께 마차가 출발했다.

도대체 무슨 일일까?

럼블리 백작에게 먼저 물어볼까도 싶었지만, 창밖을 보는 백작의 눈빛이 왠지 심상치가 않아 그럴 수가 없었다.

백작은 원래 둘만 있으면 마법에 대해 토론을 벌이는 자였다. 그런 그를 이처럼 조용하게 만든 일이 무엇일지 리안은 궁금한 한편 불안했다.

마차는 빠른 속도로 황도를 가로질러 황궁에 다다랐다. 리안이 럼블리 백작을 따라 도착한 곳은 전과는 조금 다른 곳이었다.

경비병의 수는 적지만 그때보다 분위기가 더 삼엄했고, 시중을 드는 하녀들의 모습이 한 명도 보이질 않았다.

"폐하."

촛불 몇 개가 겨우 켜져 있는 어둑한 방이었다. 황제는 그곳에서 리안을 기다리고 있었다.

"왔는가?"

어둠 때문인지 황제의 얼굴이 오늘따라 무척 진중해 보였다. 리안은 서둘러 허리를 숙여 예를 갖춘 뒤 황제의 앞으로 걸어갔다.

"이반, 불을 켜 줘."

황제의 명에 럼블리 백작이 재빨리 라이트 마법을 시전했다. 촛불이 꺼지면서 잠시 깜깜하던 실내가 곧 환한 빛으로 물들었다.

"잘 지냈는가?"

미소 띤 얼굴로 리안을 바라보며 라테스가 물었다. 그동안 일이 바빠 황제를 찾아뵐 기회가 없었던 리안은 고개를 숙이며 송구한 표정을 지었다.

"그간 찾아뵙지 못하여 죄송합니다. 폐하께서는 어떠하신지요."

"나 말인가? 후후, 자네도 알고 있을 것 아닌가. 장가가라고 다들 성화인 거."

"……."

"안 그래도 그래서 자네를 불렀네."

황제가 귀족들에게 압박을 받는 거야 리안도 아는 사실이었다. 하지만 그래서 자신을 불렀다니? 리안은 잘 이해가 가지 않았다.

라테스는 잠시 아무런 말없이 리안을 진지한 눈빛으로 쳐다봤다. 어떤 식으로 말을 꺼내야 할지 망설이는 듯했다.

"놀라지 말고 듣게. 조금 전…… 청혼을 하고 돌아오는 길이네."

"청혼이라시면……?"

드디어 혼인을 하시기로 결심하셨다는 뜻인가?

그렇다면 누구와……!

엘에게 들은 유력한 황후 후보자들의 이름을 떠올리던 리안의 눈이 어느 순간 번쩍 떠졌다.

갑자기 정신이 확 들었다.

이제야 비로소 이해가 된다.

아닌 밤중에 황제가 자신을 불러 이런 이야기를 하는 이유는 딱 하나다. 아니나 다를까.

"레지나, 그대의 동생과 혼인을 하고 싶네."

"……!"

머릿속으로 많은 생각이 오갔다.

레지나가 황제와 결혼을 하면, 동생은 황후가 되고, 자신은 황제의 처남, 어머니는 황제의 장모가 된다.

그렇다. 칼리스타 가문이 황실과 사돈이 되는 것이다.

지금껏 황제의 신붓감으로 거론되었던 이들은 타국의 공주라든가 제국의 잘 나가는 가문의 여식들이었다. 그중에는 두 공작가에서 추천한 여인도 있다.

과연 그들이 순순히 받아들일까?

리안은 기쁨에 앞서 그런 생각이 먼저 들었다.

동생인 레지나가 황제에게 마음이 있다는 건 이미 알고 있었다. 황제 또한 레지나를 남다르게 여기고 있음을 서신이 오가는 것을 보며 눈치챘다.

하지만 둘 사이가 이어질 거라곤 단 한 번도 생각하지 못했다. 그러다 말겠거니 여긴 것이다. 상대는 다른 누구도 아닌 황제였으니까.

그런데 아니었단 말인가?

동생을 저버리지 않은 황제의 선택이 감사하긴 하나, 그 선택으로 인해 레지나가 힘들어지는 것을 리안은 원치 않았다.

벌써부터 뒷골이 지끈거린다. 둘의 감정을 너무 안일하게 생각했던 자신이 한심스러웠다.

"……레지나는 뭐라고 답했는지 알고 싶습니다."

"그녀는 자네의 뜻에 따르겠다고 하더군."

"제 뜻에요?"

"그건 나도 같은 생각이네. 자네가 허락하지 않는다면 그녀와 혼인하지 않겠네."

눈빛을 보니 허투로 하는 말이 아니었다. 황제는 지금 리안에게 진심을 말하고 있었다.

"알다시피 난 힘이 없네. 아마 자네의 동생을 데려와 한동안은 힘들게 할지도 모르지. 하지만 이거 하나는 약속하겠네. 내 명예를 걸고 그녀를 지키겠다고."

"……."

"그러니 도와주게. 자네의 힘이 필요해."

"제가 무엇을 도울 수 있단 말입니까?"

"내 편이 되어 주게. 그들을 이겨내고 내 뜻대로 정치를 할 수 있도록 칼리스타 백작, 자네가 나의 힘이 되어 주게."

"폐하, 저는 아직……."

"더 이상 꼭두각시로는 살지 않겠네. 자네라면 분명 나에게 큰 힘이 될 것이네."

황제의 말투는 매우 단정적이었다. 리안은 잠시 호흡을 고르다가 대답했다.

"폐하, 물론 저는 언제나 폐하의 편에 설 것입니다. 하지만 저에겐 아직 공작들을 이길 만한 힘이 없습니다. 함께할 다른 이들도 없지 않습니까?"

"그건 걱정하지 말게. 소외되어 있던 지방의 귀족들을 차차 중앙으로 불러들일 생각이네. 그리고 내 편이 되어줄 귀족이 조금은 있다네."

그간 숨을 죽이고 서서히 세력 확장에 힘써온 라테스다. 두 공작에 비하면 미미할지 몰라도 이제는 기지개를 펼 때였다.

"폐하, 폐하의 뜻은 잘 알겠으나 이건 국혼입니다. 귀족들이 폐하의 장인 장모가 되기 위해 혈안이 되어 있다는 거 아시지 않습니까? 절대 가만히 있지 않을 겁니다."

"쉽지는 않겠지. 하지만 그들도 어쩔 수 없을 것이네."

"……?"

언뜻 막연한 말인 듯 들리지만 리안은 그 속에서 뜻 모를 자신감을 느꼈다. 어쩔 수 없다는 것은 곧 그럴 수밖에 없다는 뜻이기도 하지 않은가.

무슨 방법이 있으신 것일까?

'하아.'

머리가 복잡했다. 밖으로 나가 시원한 바람이라도 쐬고 싶은 심정이었다.

그때 안쓰러운 눈길로 황제를 바라보는 럼블리 백작의 모습이 보였다. 그리고 리안은 백작의 그 시선에서 자신을 닮은 황제를 보았다.

어리고 힘이 없어 가장 높은 자리에 올라서도 귀족들의 눈치를 보아야 하는 황제.

돕고 싶었다. 힘이 되고 싶었다. 부족하지만 그와 함께 자신이 꿈꾸는 세상을 만들고 싶었다.

귀족이 아닌 자들도 살기 좋은 세상.

왠지 지금의 황제라면 가능할 것 같았다.

황제는 여전히 리안을 쳐다보고 있었다. 간곡히 원하지만,

그렇다고 비굴한 모습은 아니었다. 그저 진심을 알아달라는 그러한 눈빛이었다.

'그래, 편하게 생각하자.'

앞길이 아무리 험난하다 해도 사랑하는 이와 함께라면 쉽게 이겨낼 수 있을 것이다.

더욱이 레지나라면, 자신의 동생이라면 반드시 슬기롭게 헤쳐 나가리라.

리안의 그러한 결심이 얼굴에 드러난 탓일까?

라테스의 안색이 조금 밝아졌다. 럼블리 백작도 조마조마한 눈으로 리안의 입이 벌어지기를 기다렸다.

'훗, 결국 다짐을 지킨 셈인가?'

마음을 정하고 나니 문득 예전 생각이 났다. 주인의 몸을 얻고 레지나를 처음 만나던 날 리안은 홀로 다짐했었다. 이번 생애만큼은 좋은 상대와 맺어주겠노라고.

그 상대가 황제가 될 줄은 꿈에도 몰랐지만, 어쨌든 리안은 스스로 한 약속을 지켰다.

마음을 가다듬으며 리안이 입을 열었다.

"폐하, 그 전에 제가 한 가지만 여쭤 봐도 되겠습니까?"

"물론이네."

"무례한 질문이 될 수도 있습니다."

"용인하겠네."

"……폐하께선 어떤 세상을 만들고 싶으십니까?"

"세상?"

"네, 폐하께선 조금 전 뜻대로 정치를 펼치시겠다고 하셨습니다. 저는 그 대답을 구체적으로 듣고 싶습니다."

예상했던 것보다 훨씬 더 무례한 질문이었다. 리안은 지금 황제를 시험하고 있는 것이다.

뭐라고 답을 해야 할까?

고민은 길지 않았다.

리안의 질문은 라테스가 그동안 살아오면서 스스로에게 수없이 던진 질문과도 같았기 때문이다.

황제로 태어난 그에게도 꿈은 있었다.

제국의 모든 백성들이 마음 편히 살 수 있는 세상.

라테스는 그런 세상을 만들고 싶었다.

"내가 바라는 세상은…… 제국민 모두가 마음 편히 살 수 있는 세상이네. 귀족과 평민은 물론……, 거기엔 나 또한 포함되네."

"……?"

"난 황제이지만 단 한 번도 편안한 삶을 살아본 적이 없어. 오로지 귀족들의 이해관계에 따라 이리저리 끌려만 다녔지. 항상 생각했었네. 귀족들의 힘이 약하면 이렇게 살지 않아도 될 텐데……."

"폐하……."

"그래서 연구했지. 그리 되려면 어찌 해야 할까? 답은 금방

나오더군. 그들이 갖고 있는 힘을 뺏으면 되네. 그리고 그 힘을 힘없는 나와 백성들이 나눠 갖는 거지."

생각만 해도 기쁜 듯 라테스가 빙긋 웃으며 말을 이었다.

"내가 다 가질까 싶기도 했지만, 그러면 어디 귀족들이 얌전히 있겠나? 그리고 나도 내 편을 만드는 게 좋겠더군. 그것이 곧 황권을 강화하는 일이라고 여겼네. 그리 된다면 나도 조금은 편안해지겠지. 이기적인 발상이라고 욕하지는 말아주게나."

귀족을 앞에 두고 할 말은 아니지만 라테스는 리안을 믿었다. 다른 이들이라면 몰라도 리안이라면 자신을 이해할 거라고 생각했다.

'과연…….'

이유는 다르지만 가야 할 방향은 같았다. 지금의 황제라면 리안이 원하는 세상과 완전히 똑같지는 않더라도 그에 가까운 정도는 실현할 수 있으리라.

더 이상 망설일 필요가 없었다.

리안이 고개를 숙이며 말했다.

"……폐하의 뜻대로 하겠습니다. 부족하지만 최선을 다해 폐하를 돕겠습니다. 레지나를 어여삐 봐주셔서 감사합니다."

"허락해 주는 것인가?"

"허락이라니요. 감히 어찌 제가……. 부디 동생을 잘 부탁드립니다."

"고맙네, 고마워!"

갑자기 황제가 일어서는 바람에 리안도 얼떨결에 몸을 일으켰다. 그런 리안을 라테스가 와락 껴안았다.

"폐, 폐하……!"

"잘해 보세, 처남."

황제는 벌써부터 리안을 처남이라고 불렀다. 리안이 당황스러움에 어찌할 바를 모를 때 럼블리 백작이 끼어들었다.

"폐하, 경하드립니다!"

"이반!"

기쁨의 포옹은 백작에게도 이어졌다. 다행스럽게도 라테스가 리안에게서 떨어지며 백작을 향해 팔을 벌렸다.

리안과 다른 점이라면 럼블리 백작은 환하게 웃으며 같은 자세를 취했다는 것이다. 그들은 장시간을 서로 부둥켜안은 채 큰 소리로 웃었다.

'저리도 좋을까.'

만약 거절을 했으면 어땠을지 리안은 상상하기도 싫었다.

"저, 폐하……."

리안은 작금의 기쁜 소식을 레지나에게도 서둘러 알려주고 싶었다. 분명 잠 한숨 자지 못하고 기다리고 있을 것이다.

하지만 그 전에 해야 할 것이 있었다.

"긴히 부탁드릴 것이 있습니다."

"부탁?"

라테스와 럼블리 백작이 동시에 서로에게서 떨어졌다.
"무엇이든 말만 하게. 내가 들어줄 수 있는 것이라면 무엇이든 들어주겠네."
어서 말하라는 듯 라테스가 리안의 앞에 와 섰다. 리안은 망설이지 않고 말했다.
"폐하께서는 제가 아카데미를 짓고 있다는 걸 아시는지요."
"알다마다. 레지나의 서찰에서도 읽은 적이 있네. 거의 완공이 되어 간다지?"
"네, 폐하. 지금 선생을 모집 중에 있습니다."
아카데미는 학생들이 공부를 하는 곳이다. 리안의 당연한 말에 황제와 럼블리 백작이 고개를 끄덕였다.
"일전에 말씀드린 바와 같이 제가 세울 아카데미는 무예뿐 아니라 마법을 함께 배울 수 있는 곳이 될 겁니다. 따라서 무예와 마법을 가르칠 선생을 모두 구해야 하지요. 하지만 지금은 무예가 숭상시되는 시대가 아닙니까? 무예 쪽 선생은 쉽게 구할 수 있겠으나 마법은 그렇지가 못할 겁니다."
"아무래도 그렇겠지."
"해서 말입니다, 폐하. 송구하오나 제게 황실 마법사를 내어주실 수 있으신지요."
"황실 마법사를……?"
뜻밖이었는지 라테스가 눈을 크게 떴다.
그건 럼블리 백작도 비슷했다. 그가 눈매를 모으며 리안을 응시했다.

"황실 마법사란 오로지 폐하만을 위해 존재한다고 들었습니다. 하지만 감히 말씀드리옵건대 그것은 마법 발전에 저하만 될 것입니다."

"칼리스타 백작님, 갑자기 그게 무슨 말씀입니까?"

럼블리 백작이 황제를 대신해서 노한 음성을 터뜨렸다.

"이반, 잠시만. 계속하게."

라테스가 그런 백작을 말리며 리안에게 계속하라는 눈짓을 보냈다. 백작의 언짢은 눈길이 느껴졌지만 리안은 상관하지 않고 말을 이었다.

"교육이 중요한 이유는 그것이 나라의 발전에 근간이 되기 때문입니다. 세대는 계속 바뀝니다. 장차 미래의 주역이 될 이들은 바로 지금의 어린아이들입니다. 그들을 제대로 가르쳐야만 제국이 더욱 부강해진다는 말씀입니다."

"옳은 말이네."

"마법도 마찬가지입니다. 마법이 더 이상 퇴보하지 않고 발전을 하기 위해서는 실력 있는 마법사들이 나서서 학생들을 가르쳐야 합니다. 하지만 지금은 어떻습니까? 제국에서 마법사라 불릴 수 있는 자들은 모두가 여기 황실에 있지 않습니까? 만약 계속 이대로 간다면 마법은 백 년도 지나지 않아 사라지고 말 것입니다."

극단적이긴 하나 리안의 말은 틀리지 않았다. 마법의 소실은 현존하는 마법사들도 크게 걱정하는 부분이었다.

"폐하께선 마법이 그렇게 되길 바라십니까?"

리안의 의미심장한 물음에 라테스는 뭔가를 생각하는 듯 잠시 말이 없었다. 그러다 럼블리 백작을 향해 돌아섰다.

"이반 생각은 어때?"

"……저는 반대입니다. 황실 마법사는 오로지 폐하만을 위한 존재입니다."

"하지만 칼리스타 백작의 말이 맞아, 이반. 이대로는 마법이 사라질 수도 있다고."

"그렇긴 합니다다만, 마법은 폐하께서 유일하게 공작들에 비해 우위를 점하고 계신 것입니다. 세력을 모아야 할 판에 분산이라니요. 그럴 수는 없습니다."

백작은 절대로 안 된다며 강경하게 말했다.

마법이 퇴보하며 마법사의 수가 줄고, 그 마법사들이 황궁으로 모인 것은 결과적으로 황권 강화에 도움이 되었다. 절대적으로 황제에게만 충성을 받치는 황실 마법사들은 그 대가로 마법 연구에 필요한 모든 것을 황실로부터 원조 받는다.

비록 라테스가 힘없는 황제지만 마법에서만큼은 두 공작이 합작을 해도 따라올 수 없었다.

물론 귀족가에 마법사가 전혀 없다는 것은 아니었다. 다만 제대로 된 마법사를 키우려면 기사 하나를 키우는 것보다 무려 열 배가 넘는 돈이 들어가기 때문에 꺼린다는 표현이 맞을 것이다.

요즘같이 무예가 제일인 시대에서 돈이 남아도는 자가 아니고서야 그런 지원은 엄두도 내지 못했다.

"럼블리 백작님, 저는 황실 마법사 전부를 내어달라는 것이 아닙니다. 선생으로는 서너 명 정도만 있으면 되니까요."

황실 마법사의 수가 모두 합쳐 오십여 명 정도다. 서너 명이면 그리 큰 수는 아니었다.

"그 정도 인원이면 괜찮지 않아?"

이미 마음을 정한 듯 라테스가 물었다. 솔직히 그는 될 수 있으면 리안의 청을 들어주고 싶은 마음이었다. 힘들 것을 알면서도 자신을 선택해 준 리안에게 뭔가를 해주고 싶었다.

그 심정을 모르지 않기에 럼블리 백작도 갈등이 되었다. 그가 생각해도 서너 명이면 크게 지장이 있을 것 같지는 않았다.

하지만 문제는 다른 것에 있었다.

"괜찮은 것 같기는 합니다. 한데 누가 가려고 하겠습니까?"

"……?"

"잠도 쪼개가며 연구에만 몰두하는 자들입니다. 아무도 학생들을 가르치려고 하지 않을 겁니다. 강제로 보내면 가기야 하겠지만요."

"그건 제가 생각한 바가 있습니다."

리안이 걱정 말라는 듯 방긋 웃었다.

"우선 황실 마법사에 버금가는 대우를 해줄 것을 약속합니다. 최고의 연구 시설과 최고의 연구 재료, 최고의 숙소를 제공할 생각입니다. 그리고……."

"……?"

"저의 조언이 있을 겁니다."

럼블리 백작이 눈을 부릅떴고 라테스가 호기심을 드러냈다.

"폐하와 백작께선 제가 6서클의 마법사인 걸 아시지 않습니까?"

당연히 알고 있다.

하지만 리안이 처음으로 그 사실을 인정해서일까? 알고 있으면서도 둘은 놀란 얼굴로 리안을 응시했다.

"고마움에 보답하는 의미에서 제가 할 수 있는 만큼 그들을 도울 생각입니다. 하지만 미리부터 말씀하지는 말아주십시오. 대가를 바라고 오는 자는 원치 않습니다."

"누가 될지 몰라도 아주 큰 행운이 되겠군. 안 그래, 이반?"

럼블리 백작은 부정하지 못했다. 마법사들의 가장 큰 목표는 보다 높은 서클로의 진입이다. 모두가 그걸 위해서 밤낮 없이 공부하고 연구하는 것이다.

지금껏 황실 마법사가 마법이 퇴보한 상태에서도 나름 활발한 연구를 하고 있는 것은 럼블리 백작, 바로 그 때문이었다.

5서클 대마법사인 그가 있기에 다들 희망을 안고 모여든 것이다.

솔직히 말해 럼블리 백작은 자신이 직접 선생으로 가고 싶었다. 지금도 틈틈이 조언을 받고 있긴 하지만, 선생으로 가게 된다면 지금보다 더 자주 그런 기회가 생기지 않을까 하는 기대 때문이었다.

보답이라고 하였으니 보다 열정적이고 성실한 조언일 것은 말할 것도 없다.

'쩝.'

그러나 럼블리 백작은 입맛을 다실 수밖에 없었다. 황제를 두고는 어디도 갈 수 없는 탓이다.

백작의 그런 속마음은 훤히 드러났다. 리안은 웃지 않으려 애쓰며 말했다.

"괜찮으시다면 럼블리 백작님께는 가끔 특별 강연을 부탁드리고 싶습니다."

"이반에게?"

"네, 폐하. 황실 마법사의 수장이신 백작님께서 와주신다면 학생 유치에도 큰 힘이 될 것이고, 마법 학부의 권위를 세우는 데에도 많은 힘이 될 겁니다. 도와주신다면 꼭 보답하겠습니다."

황제에게 설명하고 있지만 리안은 조언을 빌미로 대놓고 백작을 매수하는 중이었다.

표정을 보니 알아들은 게 분명하다. 하지만 앞서 반대를 한 전적 때문인지, 백작은 결단을 내리지 못하고 망설였다. 그러다 황제의 말 한마디에 마침내 졌다는 듯 승낙했다.

"……알겠습니다. 폐하의 뜻이 정 그러하시다면 그에 따라

야지요. 조만간 적합한 이들을 뽑아놓겠습니다."

"이반, 잘 생각했어."

"감사합니다. 폐하와 럼블리 백작님의 은혜 잊지 않겠습니다."

"말로만 그럴 텐가?"

"……예?"

황제의 갑작스런 물음에 리안은 눈을 동그랗게 떴다. 어쩐지 황제의 표정이 무척 짓궂게 변했다.

"우린 대체 언제쯤 초대해 줄 생각인가?"

"초대라니요……. 폐하, 무슨……."

"바다향기 말일세. 그거 자네가 주인인 거 다 알고 있네."

"아."

리안이 말한 적은 없으나 황제나 럼블리 백작이나 바다향기를 리안이 만들었다는 걸 진즉 눈치채고 있었다.

보존 마법이 가능한 마법사가 필요한 일이니 리안밖에는 없다고 생각한 것이다.

"바다향기의 창업에는 나도 일조한 셈인데 너무한 것 아닌가?"

2년 전 궁으로 초대했을 때 리안은 분명 해산물을 처음 먹어 본다고 했었다. 그렇다는 것은 곧 그때 해산물 요리에서 아이디어를 얻어 바다향기를 세웠다는 것이다.

라테스는 짐짓 서운한 표정을 지었다.

"정말 섭섭하네."

"폐하, 제가 미처 거기까지는 생각하지 못했습니다. 용서해 주십시오."

"어험, 예전 그날에는 분명 저도 있었습니다."

럼블리 백작이 자신의 공도 알아달라는 듯 끼어들었다.

"조만간 모시도록 하겠습니다. 한데 폐하께서 바다향기까지 오실 수 있겠습니까?"

"대마법사가 두 명이나 있는데, 설마 날 데려가지 못하는 건가?"

황제의 과장된 언사에 리안이 조용히 웃으며 아뢨다.

"제가 직접 모시러 오겠습니다. 그날은 특별히 사층 자리를 비워두지요."

"그 예약을 해야만 오를 수 있다는 곳 말인가?"

"네, 폐하. 기대하셔도 좋습니다."

리안의 자신 있는 음성에 라테스와 백작의 얼굴에 기대감이 떠올랐다.

"빨리 보고 싶으니 서둘러 주면 더 고맙겠네."

"칼리스타 양이 그리도 좋으십니까?"

"장가 못 간 이반이 내 심정을 알 리가 없지."

마음이 편해져서일까?

럼블리 백작의 장난스런 물음에 라테스가 지지 않고 맞섰다. 그러자 장난으로 시작했던 백작의 미간에 주름이 잡혔다.

"폐하, 저는 못 간 것이 아니라 안 간 것입니다. 저는 마법과 결혼했다고 누누이 말씀드리지 않았습니까!"

"원래 핑계 없는 무덤은 없다고 하더군."

"저는 핑계가 아니라 진짜입니다. 사실 제가 말을 안 해서 그렇지, 지금도 대쉬해 오는 여인들이 얼마나 많은지 아십니까?"

리안이 '오, 그래요?' 하며 놀란 표정을 지은 반면, 라테스는 피식 웃으며 혼잣말하듯 중얼거렸다.

"그 얼굴을 하고 있으니 당연하지."

얼굴만 보면 스물한 살의 황제와 거의 차이가 나지 않을 정도로 백작은 꽃다운 청년의 모습을 하고 있었다. 실제 나이는 오십이 넘었지만 마법의 힘으로 외모를 변형시킨 것이다.

'본래 얼굴이 어떻기에……?'

황제의 중얼거림은 리안으로 하여금 궁금증을 갖게 했다.

다행히 럼블리 백작은 황제의 말을 듣지 못한 듯 자신이 궁의 하녀들과 귀족 여인들에게 얼마나 인기가 있는지에 대해 설파하기 시작했다.

"폐하께서 아시고 계신지 어쩐지는 모르겠지만, 며칠 전 황궁에서 무슨 일이 있었는지 아십니까? 아, 글쎄 제 처소를 청소하는 하녀 둘이서……."

백작이 떠들거나 말거나 리안과 라테스는 서로를 마주보며 기분 좋게 웃었다.

제4화 선언

In Kallista

이틀 뒤 황궁이 발칵 뒤집혔다. 여느 때처럼 성혼을 서둘러야 한다는 대신들의 말이 이어지려는 찰나, 황제가 먼저 혼인을 하겠노라 선언한 것이다.

하지만 그 상대가 그들을 기함하게 만들었다.

"짐은 칼리스타 백작의 여동생인, 레지나 폰 칼리스타 양과 혼인을 할까 하오. 서둘러야 한다는 그대들의 조언에 따라 될 수 있으면 빨리 할 생각이니, 절차에 맞게 바로 진행하도록 하시오."

"폐, 폐하! 지금 칼리스타 백작의 여동생이라 하셨습니까?"

오늘 대전회의에는 두 공작이 참석하지 않았다. 공교롭게도 타운젠드 공작과 맥카시 공작 모두 개인적인 사정으로 황도를 비우고 영지로 떠났다.

황제는 일부러 오늘을 택한 것이다.

헤이스버트 백작은 맥카시 공작의 최측근으로 공작이 없을 때 무리를 대표하는 자였다. 그가 황당함과 당혹함이 뒤섞인 얼굴로 황제를 올려다봤다.

"제대로 듣지 못한 것 같으니 다시 한 번 말하겠소. 짐은 칼리스타 백작의 여동생과 혼인을 할 생각이오. 어머니께서도 병환을 물리치시고 일어나셨으니 이제 망설일 필요가 없소."

"폐하, 황실의 안정을 위해서는 참으로 옳은 결정이십니다. 하오나 칼리스타 가문이라니요. 황실의 격을 떨어뜨릴 생각이십니까?"

이번에는 타운젠드 공작의 사위이자 하이엔 공국과의 외교를 맡고 있는 스웨르겐 백작이 나섰다. 예상에서 조금도 벗어나지 않은 그의 말에 라테스가 미간을 찌푸릴 때, 다시 맥카시 공작 측에서 끼어들었다.

"스웨르겐 백작의 말씀이 옳습니다. 칼리스타 백작이 칼리스타 뱅크라는 것을 통해 요 몇 년간 이름을 알리긴 했으나, 그 전까지는 제국에 그러한 가문이 있는지조차 다들 몰랐습니다. 그런 가문의 여식을 어찌 황후로 맞는단 말입니까? 명을 거두어 주십시오!"

두 파벌이 같은 의견을 내놓다니 실로 오랜만에 보는 풍경이었다. 비릿한 미소가 지어지려는 것을 겨우 참아내며 라테스가 엄중하게 말했다.

"그대들이 무슨 말을 하고 싶은지 이해하지 못하는 것은 아니오. 하나 격이 떨어진다는 말만큼은 용납할 수가 없소! 제국에는 수많은 귀족 가문이 있소. 그중에서 중앙 정치에 나서는 자가 몇이나 되겠소? 그대들은 그들 모두를 격이 떨어진다고 말할 셈이오?"

틀린 말이 아니었다.

마땅한 답이 떠오르지 않아 다들 서로의 눈치만 살피고 있을 때, 라테스가 못을 박기 위해 스웨르겐 백작을 향해 다시 입을 열었다.

"짐이 알기로 스웨르겐 백작도 부인과 결혼하기 전까지 칼리스타 가문과 사정이 비슷했다고 들었소. 그래서 타운젠드 공작이 반대를 심하게 하였다고. 하지만 지금 그대를 보시오. 누구보다도 잘 지내고 있지 않소? 언제나 앞장서서 제국의 안정과 번영을 위해 애쓰고 있는 백작의 노고를 짐은 잘 아오. 짐 또한 칼리스타 양을 황후로 맞아 후대에 길이길이 남는 황제가 되도록 노력할 생각이오."

어찌 보면 칭찬인 듯하지만 황제의 말에는 숨은 가시가 있었다. 그의 말을 분석해 보면 스웨르겐 백작이 장인인 타운젠드 공작의 힘을 등에 업고 귀족들을 좌지우지 한다는 뜻이기 때문이다.

"……."

반듯한 스웨르겐 백작의 이마에 굵은 힘줄이 돋았다가 사라졌다.

사실 그에게는 알 만한 사람은 다 아는 사연 하나가 있다. 바로 그의 부인인 캐러다인 공녀가 처녀 시절 백작의 잘생긴 외모에 반해 죽기 살기로 쫓아다녀 결혼에 골인하였다는 얘기다.

타운젠드 공작의 하나뿐인 딸이자 지금은 스웨르겐 백작의 부인이 된 캐러다인 공녀는 고귀한 신분에 걸맞지 않게 인물이 형편없었다.

그녀의 동생인 타운젠드 백작이 어머니의 고운 미모를 닮아 미남인 것에 비해, 그녀의 외모는 차마 눈을 마주치고 있기가 곤란할 정도였다.

그래서인지 그녀는 유독 아름다운 것에 집착하는 구석이 있었다. 남편인 스웨르겐 백작도 그러한 그녀의 집착에 걸린 것이다.

하지만 딸이 원하는 건 무엇이든 들어주던 타운젠드 공작도 별 볼일 없는 가문의 아들인 스웨르겐 백작을 처음에는 심하게 반대했다고 한다.

지금은 백작이란 작위를 지니고 있지만, 그때만 해도 스웨르겐 백작의 가문은 작은 땅덩이를 소유한 남작 가문이었다.

그러나 아름다움을 향한 캐러다인의 집념은 끝이 없었고,

결국 공작도 항복하고 말았다. 그리고 반대하던 처음과는 달리 사위가 된 스웨르겐 백작을 물심양면으로 밀어 오늘의 자리에 앉혔다.

다행인 것은 그런 딸이 낳은 손녀가 아버지를 닮아 제국의 제일가는 미녀로 불린다는 사실이었다.

지금도 사람들이 궁금해하는 것은 그때 당시 스웨르겐 백작이 과연 결혼을 원했냐는 것이었다.

공작의 사위가 되면 앞길이야 탄탄대로겠지만, 캐러다인의 용모는 어떤 사내라도 부담이 될 만했기 때문이다.

더욱이 그녀는 백작보다 나이가 무려 여섯 살이나 많았고, 백작은 갓 스무 살이 된 창창한 젊은이였다.

야망보다는 다른 것을 더 원하지 않았을까?

그에 대해서는 아직도 의견이 분분하다. 야심이 있었으니 감수했을 거라는 말도 있고, 공작이 무서워 어쩔 수 없었을 거란 말도 있었다.

어쨌든 결론은 현재 그가 높은 자리에 올랐고, 부인과도 썩 사이가 괜찮다는 것이었다.

스웨르겐 백작이 황제의 반박에 말을 잇지 못하자, 맥카시 공작 측에서 치고 들어왔다.

"폐하, 폐하의 뜻은 소신이 잘 알겠습니다. 하오나 다시 한 번 생각하여 주시옵소서. 자고로 황후 자리는 그에 걸맞은 가문에서 간택해 온 전통이 있사옵니다."

"전통이라……. 짐은 그 전통이 전대(前代)에서 끊어진 것으로 아는데, 아니었소?"

이번에도 말문이 막힌 것은 신하들이었다. 황제의 말처럼 전대 황후, 즉 라테스의 어머니인 이벨라 황태후는 레지나와 마찬가지로 보잘 것 없는 가문의 여식이었다.

아니, 그보다 못했다는 표현이 맞겠다. 지금의 레지나에게는 잘 나가는 오라비라도 있으니까.

자신들의 세도정치를 위해 황실의 힘을 약화시킬 필요가 있었던 귀족들은 거의 만장일치로 이벨라 황태후를 황후 자리에 앉혔다.

실제로 병약했던 황제가 귀족들의 위세에 눌려 일찍 세상을 떠나고, 어린 황제가 황위에 올랐을 때 황태후의 가문은 황실에 전혀 보탬이 되질 못했다.

"하나만 묻지. 짐이 그대들의 황제이자 제국의 주인이 맞소?"

"폐, 폐하……. 어찌 그런 당연한 것을 물으시옵니까?"

라테스가 갑작스럽게 묻자 당황한 듯 대신들의 허리가 바닥까지 휘었다. 그들이 저마다 땀을 흘리며 눈동자를 굴릴 때 라테스가 중얼거렸다.

"당연하다……. 훗, 그런데 왜 난 그 당연한 것을 모르고 사는지……."

뒷줄에 있는 자들은 듣지 못했지만, 가까이에 있던 자들의 귀에는 분명하게 들렸다. 라테스의 말이 이어졌다.

"짐이 진정 그대들의 황제이고 제국의 주인이 맞는다면, 원하는 여인을 황후로 맞을 자격이 충분하다고 생각하오. 그러니 짐의 뜻에 따라주길 바라겠소!"

"폐하, 황실의 혼인은 그런 식으로……."

"미리 말하건대 짐은 칼리스타 양이 아니라면 어느 누구와도 혼인하지 않을 것이오! 그렇게 되면 당연히 후계도 끊어질 것이니, 황위는 짐의 종백부인 맥카시 공작에게 이어질 것이오!"

"폐, 폐하!"

소리가 터져 나온 것은 타운젠드 공작 측에서였다. 다들 얼굴이 하얗게 질려서는 말을 잇지 못했다.

맥카시 공작 측도 상황은 비슷했다. 황제가 설마 이러한 결정을 내릴 줄은 몰랐다는 듯 모두가 일그러진 표정으로 황당한 눈빛을 하고 있었다.

맥카시 공작이 황제가 되면 그들로서도 기쁜 일이긴 하나, 거기에는 그럴 수 없는 사정이 있었다.

공작이 황위 계승서열 1위인 것은 분명한 사실이었다.

당금 황제인 라테스에게는 형제는 물론 자식 또한 없다. 전대 황제에게는 여동생이 한 명 있었는데, 외국으로 시집을 갔기 때문에 제국법상 그 자식들에게는 계승권이 없다.

한 대를 더 거슬러 올라가면, 전전대 황제에게는 형이 한

명, 여자 형제가 둘 있었다.

하지만 형은 어린 시절에 죽었고, 여동생은 외국으로 시집을 가 열외이다. 유일하게 누나가 제국민과 혼인을 하였는데, 그 가문이 바로 맥카시 공작 가문이었다. 지금의 맥카시 공작은 공주가 낳은 자식인 것이다.

그러나 황위 계승권이 있다고 해서 맥카시 공작이 황위에 욕심을 낸 적은 없었다. 유구한 역사를 자랑하는 로젠바움 제국은 예로부터 황실의 정통성을 중히 여겼고, 맥카시 공작에게는 타운젠드라는 강한 적이 있었다.

타운젠드 공작이 버티고 있는 한 황권에 욕심을 낸다는 건 무리수라고 판단한 것이다.

만일 그리했다가는 제국이 두 조각이 나거나, 한쪽이 죽을 때까지 전쟁이 계속되었을 것이다.

그리고 전쟁으로 제국의 전력이 약해진 순간 주변 국가에서 침공을 할 수도 있었다.

맥카시 공작이나 타운젠드 공작 모두 그런 식으로 제국의 오랜 역사를 무너뜨릴 생각은 없었다.

"짐을 혼자 늙게 할 생각이 아니라면 부디 결정에 따라주길 바라오! 오늘 회의는 이것으로 마치지."

더 있어 봤자 같은 얘기만 반복될 것이다. 라테스는 일찌감치 자리에서 일어났다.

대신들도 서둘러 의견을 조율하기 위해선지 대전을 벗어나는 라테스를 잡지 않았다.

*   *   *

"뭐라? 나를 후계자로 삼아?"

맥카시 공작은 참으로 오랜만에 박장대소를 터뜨렸다. 솔직히 나쁘지 않은 수였다.

타운젠드 공작 측이야 자신이 황위 계승자가 되는 것을 원하지 않을 테니 황제의 뜻에 따를 것이고, 자신 또한 불필요한 싸움을 할 만큼 멍청하지 않다.

그동안 혼인을 미루며 대신들의 속을 썩이기만 하더니 몰래 이런 수를 생각하고 있었단 말인가.

"그래도 이런 무리수를 쓸 줄은 몰랐는데 말이지……."

황후 자리가 조금 아쉽긴 하지만 목을 맬 만큼 절실했던 것도 아니었다. 타운젠드 공작에게 넘어가는 것보다 차라리 나을지도 모른다.

"칼리스타 가문이라……."

맥카시 공작은 모든 면에서 결정이 빠른 편이었다. 포기할 땐 일찍 포기를 하고 그에 맞는 대응을 하는 것이 훨씬 더 효과적이라고 믿는 사람이었다.

이번 싸움은 황제의 승리였다.

'축하합니다, 폐하. 조카가 떼를 쓰는데 백부로서 들어드려

야지요.'

조카의 첫 승리를 마음으로나마 응원하며 그가 돌아섰다. 그의 앞에는 한 사내가 부복해 있었다.

"그동안 럼블리 백작이 칼리스타 백작의 저택을 자주 드나들었다지?"

"예, 공작 전하. 거의 주말마다 찾았다고 합니다. 소인은 그것이 칼리스타 백작 때문이라 생각하였는데, 실상은 여동생 때문이었나 봅니다."

"어느 한쪽만은 아닐 것이다. 둘 다겠지."

칼리스타 백작은 근래 들어 가장 두각을 나타내는 귀족이었다. 안 그래도 주시하고 있던 자다.

맥카시 공작은 칼리스타 남매를 떠올렸다. 실제로 본 적은 없지만 그림을 통해 이미 둘의 어머니인 오웬까지 머릿속에 담겨 있었다.

'반반한 미모에 홀린 것인가?'

어미를 닮아선지 칼리스타 백작이나 여동생이나 외모가 무척 출중했다. 그 미모에 반한 건가 잠시 생각했지만, 그가 아는 황제는 결코 겉모습에 현혹되는 부류는 아니었다.

'성정인가, 배경인가…….'

칼리스타 백작에 대한 보고서는 매주마다 그의 책상 위에 올라오고 있었다. 하지만 여동생에 대한 이야기는 거의 거론된 바가 없다.

"이름이 레지나라고?"

"예, 공작 전하."

"그녀에 대해 자세히 조사하도록. 성격은 물론, 친한 교우 관계, 좋아하는 음식, 드레스 취향까지 하나도 빼놓지 말고 꼼꼼히 알아봐."

"이미 시작하였습니다. 며칠만 기다리시면 황도에서 사람이 올 것입니다."

"과연 어떤 황후가 탄생할지 기대가 되는군."

맥카시 공작의 입에서 황후라는 단어가 나왔다. 그건 이번 일을 황제의 뜻대로 하게 내버려둔다는 뜻이다.

사내는 조용히 일어나 예를 올린 뒤 그곳을 빠져나왔다. 잠시 후, 일단의 무리가 공작의 뜻을 전하기 위해 제국의 전역으로 퍼져 나갔다.

*　　*　　*

테라스에 앉아 시원한 밤공기를 쐬며 한 노인이 앉아 있었다. 식은 차를 싫어하는 그를 위해 옆에 앉아 있던 사내가 하녀에게 눈짓했다.

곧바로 새로운 찻잔이 놓이고 하녀가 다시 차를 따랐다.

또르르.

뜨거운 김이 마치 구름처럼 찻잔 위로 피어올랐다.

노인이 먼 곳을 향해 시선을 고정한 채 찻잔을 들었다.

'후후.'

그러던 그가 재밌는 상상이라도 하는지 슬며시 입꼬리를 올렸다.

"……?"

식은 차를 마시던 사내가 그런 노인을 이상하다는 듯 바라봤다.

"왜 웃으십니까?"

"조금 전 같이 듣지 않았느냐."

"맥카시 공작에게 황위를 물려주겠다는 것 말입니까?"

"그래, 맞다."

"아버지는 그것이 재밌으십니까?"

어이없다는 사내의 말투에 노인이 풍경에서 시선을 거두고 아들에게로 고개를 돌렸다.

"걱정이 되는 것이냐?"

"설마요. 걱정이 아니라 불쾌합니다. 감히 우리에게 협박을 하고 있지 않습니까."

"후후, 그래서 웃었다."

"네?"

"황제께서 이제 다 크신 모양이다. 슬슬 반항을 하시는 걸 보니."

아들과 함께 있어서일까. 철혈재상이라는 별호에 걸맞지 않게 타운젠드 공작의 입가에는 계속 미소가 어른거렸다.

"어쩌실 겁니까? 받아들이실 겁니까?"

기분 나빠하는 기색이 역력하지만 사내는 타운젠드 공작의 아들이자 유일한 후계자였다. 아무리 생각해도 결정할 수 있는 건 하나였다.

"황제의 성정을 잘 알지 않느냐. 대신들이 찬성하지 않으면 국혼은 절대 성립될 수 없다. 하지만 그리 된다면 황제는 정말로 누구하고도 혼인하지 않을 것이다. 지금까지는 얌전히 잘 따라와 주었지만, 고집스러운 그 성격은 전전대 황제를 그대로 빼닮았지."

"아주 복사판이지요."

커서는 좀처럼 그런 모습을 보여주지 않았지만, 멋모르던 어린 시절에는 행동 하나하나가 할아버지인 전전대 황제와 똑같다는 소리를 듣던 황제였다.

그 성격이 변하지 않았다면 무슨 일이 있더라도 자신의 말을 지킬 것이다.

"이번에는 우리가 져 줘야겠다."

"……."

"후계자는 있어야 할 테니 말이다."

"맥카시 공작도 아버지와 같은 생각일까요?"

"그럴 게다. 그놈도 나와 싸워 봤자 이득이 없다는 건 알 테니까."

동의한다는 듯 사내가 고개를 끄덕이며 찻잔을 들었다. 아버지와 달리 식은 차도 나름의 맛이 있다고 생각하는 사내지만 오늘따라 유독 떫게 느껴졌다.

"그나저나 칼리스타 백작이 많이 크겠구나."

"지금도 그렇지만, 황제의 처남이 되게 생겼으니 귀족들이 많이 따르겠지요."

"누구를 만나 무슨 얘기를 하는지 앞으로 더 신경 써야 할 것이다."

"네, 그 점은 염려하지 마십시오."

"국혼이 끝나는 대로 네가 한번 만나보는 것도 좋겠구나. 설리번 뱅크와 경쟁 상대이니 우리 측으로 끌어들이면 손해는 아닐 게다."

"알겠습니다."

"그리고 너도 알다시피 오랜만에 이뤄지는 국혼이다. 각국에서 사신들이 올 터이니, 제국의 위상을 드높이기 위해서라도 어느 때보다 성대하고 화려하게 치러야 할 것이야."

대륙의 제일가는 강자로서 위엄을 보여야 할 필요성이 있었다. 지금은 아버지로서가 아니라 제국의 재상으로서 내리는 명이었다.

"황도에 도착하는 대로 공표하도록 하겠습니다. 아버지는 더 계시다가 오실 겁니까?"

"다음주에 네 누이와 레베카가 온다는구나. 오랜만인데 보고는 가야지."

"가르시아 왕국에 다녀왔다지요?"

조카의 방랑벽을 누구보다도 잘 아는 사내였다. 자신과도 인연이 깊은 그곳에서 과연 무엇을 보고 왔을지 그도 자못 궁금했다.

"이번에는 어떤 선물을 사왔을꼬."

"글쎄요. 아버지께서 좋아하시는 시가라도 한 상자 사오지 않았을까요?"

가르시아 왕국의 시가라면 상품 중에서도 최상품으로 분류되는 품목이었다. 타운젠드 공작도 가끔 시가를 즐기곤 하는데, 그때마다 가르시아산 시가를 애용하고 있었다.

"그건 아닐 게다. 레베카는 그런 흔한 것을 사올 녀석이 아니야."

"아버지, 가르시아산 시가는 돈보다 물건이 없어 구하지 못하는 귀족들도 많습니다. 그게 대체 언제부터 흔해진 겁니까?"

"네가 국교를 맺고 돌아왔을 때부터다."

기막혀하는 아들을 바라보며 공작이 흐뭇하게 웃었다.

20여 년 전 적국이나 다름없던 가르시아 왕국에 찾아가 국교를 맺고 돌아온 것은 다름 아닌 공작의 아들, 글렌 나이드 폰 타운젠드 백작이었다.

그때의 공을 높이 사 이십 대의 나이에도 불구하고 백작의 작위를 받은 그는 지금까지 타운젠드 공작의 기대를 저버리지 않고 잘 커왔다.

공작에게 아들이란, 든든한 지원군이자 자랑거리였다.

"동방의 시가를 가장 먼저 맛본 내가 아니냐. 그러니 흔할 수밖에."

"그때를 아직도 기억하고 계십니까?"

"그럼 기억하다마다. 그때를 어찌 잊을까. 네가 무척 자랑스러웠다."

"……그러셨습니까."

공작의 칭찬에 글렌이 쑥스럽다는 듯 고개를 숙이며 소리 없는 미소를 지었다. 타운젠드 공작은 보지 못했지만 왠지 씁쓸함이 담긴 미소였다.

그가 찻잔을 비우며 일어섰다.

"밤이 늦었습니다. 내일 아침 일찍 떠나야 할 것 같으니 저 먼저 일어나겠습니다."

"그래, 황도에서 보자꾸나. 조심해서 올라가거라."

"네, 아버지. 푹 쉬다가 오십시오."

돌아서는 아들의 표정이 어둡다는 사실도 모른 채, 공작이 흡족한 얼굴로 아들의 뒷모습을 바라보았다.

*　　　*　　　*

"마님, 날이 뜨겁습니다. 안으로 들어가십시오."

오웬의 사색을 깨운 것은 마그의 음성이었다. 리안과 레지나의 유모이기도 한 그녀는 오웬이 칼리스타 백작가로 시집을 올 때 본가에서 데려온 하녀였다.
그때만 해도 제법 예쁘장하게 생겼던 얼굴이 지금은 눈과 입가에 주름이 자글자글한 영락없는 할머니다. 해준 것도 없이 고생만 시킨 건 아닌지 오웬은 괜스레 미안한 마음이 들었다.
"난 괜찮아요, 마그. 마그나 들어가서 좀 쉬어요."
"저도 괜찮습니다."
다소곳이 허리를 숙이며 말하는 모양새가 오웬과 함께가 아니라면 절대 들어갈 기세가 아니었다.
'휴, 결국 내가 일어나야 하나.'
황도의 저택 살림을 위해 리안이 특별히 불러올린 마그는 자나 깨나 오웬의 병이 도지지 않을까 걱정이 많았다.
이제는 다 나아서 건강해졌다고 아무리 말을 해도, 예전에도 그러다가 몸져누우시지 않았냐며 도무지 안심을 하지 못했다.
뜨거운 땡볕이라도 정원에 나와 바람을 쐬면 답답한 마음이 좀 가실까 했던 오웬은 결국 한숨을 내쉬며 몸을 일으켰다.
"어머니."
그때 리안이 소리도 없이 불쑥 그들 앞에 나타났다.
"리안, 네가 이 시간에 어쩐 일이니?"

바쁜 아들을 둔 탓에 지금 같은 한낮은 물론 늦은 밤에도 아들의 얼굴조차 보기가 힘든 그녀였다. 밝은 미소와 함께 등장한 아들의 모습에 오웬은 의아한 표정을 지었다.

"영주님, 식사하셔야지요?"

반면 마그는 언제나처럼 리안을 보자마자 식사부터 챙겼다. 어릴 때나 다 큰 지금이나 마그의 관심사는 오로지 리안이 식사를 했는지 안 했는지에 대한 것이었다.

그 속정을 모르지 않기에 리안은 웃으며 마그를 바라봤다.

"곧 다시 나갈 거예요. 오늘 저녁은 돌아와서 먹을게요."

리안은 일부러 마그가 좋아할 만한 대답을 했다. 그러자 아니나 다를까. 마그의 얼굴에 금세 화색이 돌았다. 아마도 리안이 좋아하는 음식들로 저녁 식단이 차려지리라.

잠시 후, 리안의 명으로 마그가 저택으로 들어가고 모자가 나란히 햇볕 아래 앉았다.

"그늘진 곳 놔두고 왜 하필 이곳에 앉아 계세요? 이러다 몸 상하세요."

"그냥……. 햇볕이 좋아서."

"매일 보는 햇빛인데요, 뭐."

"하긴, 요즘 비가 안 내려 걱정이라지?"

"네, 흉년이 들 듯해요."

불확실한 어투였지만 리안은 조만간 제국에 흉년이 든다는 걸 알고 있었다. 벌써 몇 달 째 내리지 않는 비로 인해 말라 버린 저수지의 수가 한둘이 아니었다. 농민들의 근심도 하늘을 찌르는 중이다.

"영지민들이 걱정이구나."

리안의 영지민들 대다수가 농사를 지어 먹고사는 농민들이었다. 안 그래도 낯빛이 좋지 않던 오웬의 얼굴에 걱정이 늘었다.

"너무 염려하지 마세요, 어머니. 먹을 것이 없어 죽게 하지는 않을 겁니다."

"구휼미를 준비한 거니?"

"네."

착실한 아들의 대답에 잠시지만 오웬의 입가에 미소가 스쳤다.

영지 경영은 물론이고, 뱅크를 비롯한 여러 사업에서 재능을 발휘하고 있는 리안이었다. 남편이 없음에도 잘 자라준 아들이 오웬은 항상 대견스러웠다.

'왜 그렇게 일찍 가셨나요.'

오늘따라 먼저 간 남편이 사무치게 그리웠다.

"레지나 때문에 그러시죠?"

"……."

어머니의 근심이 동생 때문이란 걸 리안은 모르지 않았다.

며칠 전 리안은 식사 후 어머니를 모시고 레지나와 함께 황제의 청혼에 대해 털어놓았다. 그 얘기를 듣는 순간 오웬은 좋아하는 사람이 있냐는 물음에 슬픈 눈빛을 짓던 딸의 표정이 떠올랐다. 예감이 맞은 것이다.

그래도 그렇지, 상대가 황제일 줄은 조금도 짐작하지 못했다. 놀라는 그녀에게 리안은 2년 전 처음 황제를 만났을 때를 차분히 설명했다.

오웬은 자신에게 상의도 없이 결정을 내린 리안을 탓하지 않았다. 지금껏 영지나 뱅크의 일도 그렇고 대부분을 리안이 알아서 해왔기 때문이다.

서운한 감정이 아예 없는 것은 아니었지만, 리안이 그 무엇보다 레지나의 감정을 우선시해서 결정을 내렸다는 걸 그녀는 대번에 알 수 있었다.

처음으로 세 식구가 한자리에 앉아 꼬박 날을 샜다. 많은 말이 오가지는 않았다. 그저 간간히 오웬이 물었고, 리안과 레지나가 대답하는 형식이었다.

질문은 다 달랐지만 그 안에 담긴 속뜻은 비슷했다. 황후가 되는 것이 기쁘고 좋지만은 않을 거라고. 그것을 견딜 수 있겠느냐고.

오웬은 오로지 딸에 대한 걱정뿐이었다.

"어머니, 레지나는 강한 아이예요. 기억 안 나세요? 아버지가 돌아가셨을 때 저는 열두 살, 레지나는 열한 살이었어요. 그때 아프셨던 어머니를 돌보며 알만을 도왔던 것은 제가 아니라 바로 레지나예요."

리안이 옛 기억을 끄집어내자 오웬의 고개가 리안에게로 향했다.

"제가 정신 못 차리고 놀기 바쁠 때 오빠인 저를 마치 동생처럼 챙겼지요. 지금은 저도 달라졌지만, 레지나는 그런 저보다 더 강하고 똑똑한 아이예요."

"하지만 리안, 황후의 자리다. 황후란 이름이 갖는 무게가 어느 정도일지 엄마는 상상만 해도 무섭구나."

"저도 굳이 레지나를 황실로 보내고 싶진 않아요. 하지만 누구보다 레지나가 원하잖아요. 전 레지나가 사랑하는 사람과 함께 살기를 원해요. 어머니와 아버지처럼요."

오래전의 기억이지만 전대 영주께서 돌아가시기 전까지 두 분을 보며 참 아름답단 생각을 했었다. 리안은 레지나에게도 그런 행복을 갖게 해주고 싶었다.

"아버지께서도 그러셨잖아요. 누가 우리 레지나를 데려갈지 모르지만, 아주 복 받은 놈이라고. 무슨 일이 있든 레지나는 잘 견뎌낼 거라고 전 믿어요."

리안의 확고한 말투 때문이었을까?

오웬의 얼굴빛이 약간 밝아지며 그녀가 황제에 대해 물었다.

"폐하께선 진심이신 게 확실하니?"

"네, 어머니를 보시던 아버지의 눈빛과 똑같던 걸요. 자주 뵙지는 못하지만 좋으신 분인 것 같아요."

"귀족들이 가만히 있지 않을 텐데 걱정이구나."

"그 점도 크게 우려하실 필요는 없어요. 아직 대신들이 뜻을 정하진 않았지만, 반대하지는 않을 겁니다."

"그게 무슨 말이니?"

오웬이 의아하게 바라보자 리안이 설명했다.

"폐하께서 레지나 말고는 누구하고도 혼인하지 않겠다고 선언하시는 바람에 귀족들도 다른 방법이 없게 되었어요. 그렇게 되면 황위 계승서열 1위인 맥카시 공작에게 황위를 물려주게 될 테니까요."

"타운젠드 공작이 가만히 있지 않겠구나."

"네, 사실 그건 맥카시 공작도 원하는 바는 아닐 거예요. 정통성도 없을뿐더러 손해가 너무 크니까요."

"오히려 약이 올라서 보복이라도 하면 어쩌니."

제국민치고 두 공작의 무서움을 모르는 사람은 없다. 오웬은 뜨거운 햇볕 아래에서도 왠지 오한이 드는 기분이었다.

"황후 자리에 공을 들인 건 사실이겠지만, 그것 가지고 보복을 하지는 않을 거예요. 지금 조용한 것을 봐도 그래요. 반대를 하려면 진즉에 했을 것이고, 아마 원하는 뭔가를 찾고 있겠죠."

"원하는 거?"

"네, 폐하의 명을 따라주는 대신 황실에 요구 조건이 있을 거예요. 특별히 곤란한 것이 아닌 이상 폐하께서 들어주신다고 하셨어요."

"너는 괜찮은 거니?"

레지나도 레지나지만 리안도 문제였다. 황후의 오라비가 되었으니 잘 보이려는 이들도 있겠지만, 반대로 불순한 일도 생길지 몰랐다.

지금까지 탄탄대로를 걷듯 무사히 사업을 키워온 리안에게 불이익이 있지는 않을지 오웬은 걱정이었다.

"황제의 처남이라는 든든한 배경이 생기는데 감히 누가 저를 건드리겠어요? 제발 귀찮게만 하지 말았으면 좋겠어요. 어머니도 조심하세요. 소식이 알려지면 부인들의 선물 공세가 아마 줄을 이을 겁니다."

오웬에게는 아직 말하지 않았지만, 사실 이미 눈치 빠른 몇몇이 리안과 만나기를 요청하고 있었다. 황제의 지지 세력을 키우기 위해서라도 리안은 그들을 빼놓지 않고 만날 생각이었다.

"네 아버지가 살아계셨다면 기뻐하셨을까?"

"그럼요. 레지나를 무척 아끼셨잖아요."

아들인 리안에겐 때때로 엄하셨지만, 막내이자 딸인 레지나에게만은 언제나 자상하고 마음씨 좋은 아버지셨다. 분명 누구보다도 기뻐하셨을 것이다.

"그래, 참 예뻐하셨지. 창피한 얘기지만 레지나가 아기였을 때, 엄마는 가끔 질투를 하기도 했단다."

“질투를요?”

“너희 아버지가 레지나를 좀 예뻐해야 말이지. 너를 낳았을 땐 첫애라서 그런지 고생했다며 이런저런 신경을 많이 써주셨는데, 레지나 때는 레지나를 보느냐고 정신이 없으신 듯하더구나. 엄마는 연년생을 낳고 힘이 들어 죽겠는데 말이야.”

처음 듣는 이야기였다. 리안이 눈을 동그랗게 뜨자 오웬이 피식 웃으며 말을 이었다.

“지금 생각하면 조금 우습기도 해. 자식을 질투하다니. 하지만 그땐 정말 야속하더구나.”

서운했다고 말씀하시고는 있지만 그 말 속에는 아버지를 향한 그리움이 묻어 있었다.

그동안 일이 바쁘다고 어머니를 너무 외롭게 한 것은 아닐까?

레지나가 시집을 가면 아마 더 하실 것이다.

‘앞으로 저녁 식사 때만이라도 꼭 맞춰서 들어와야겠다.’

좀 더 신경을 써야겠다고 다짐하면서 리안은 짐짓 화제를 돌렸다.

“그나저나 폐하께서 바다향기가 궁금하다고 하시어 제가 초대를 했습니다.”

“폐하를?”

“네, 며칠 후에 오실 거예요. 물론 비밀리에요. 어머니께선 어떠세요?”

"……나도 가잔 소리니?"

황제이기 이전에 오웬에게는 이제 딸의 남편이 될 사람이었다. 사위가 궁금하지 않은 장모는 없을 것이다.

"폐하께서도 어머니를 뵙고 싶어 하세요."

"가서 무슨 말을 해야 할지……."

"어려워하실 필요 없어요. 사석에선 굉장히 소탈하신 편이세요. 측근들과 계실 땐 곧잘 장난도 치시고요."

"그래도 행여 결례라도 범하면 어쩌니."

"겁내지 마시라니까요. 레지나와 결혼하면 어머니의 사위이기도 하잖아요. 마음 놓으세요."

황제를 몇 번 만나본 리안의 말이니 틀리진 않을 것이다. 하지만 그렇다 해도 이 나라 제일의 높은 신분이다. 오웬은 미리부터 긴장됐다.

그로부터 며칠 후 바다향기에서 조촐하지만 역사적인 만남이 이뤄졌다.

늦은 밤, 바다향기의 사층에 모인 이들은 리안과 레지나, 오웬 그리고 황제인 라테스와 럼블리 백작이었다.

"처음 뵙겠습니다, 장모님."

라테스는 오웬을 보자마자 거두절미하고 인사부터 올렸다. 황제와의 첫 만남에 긴장을 한 오웬이 숙인 허리를 미처 올리지도 못하고 있을 때 벌어진 일이었다.

"……폐하를 뵈옵니다."

"칼리스타 양이 어머니를 닮았군요. 참으로 아름다우십니다."

그냥 하는 말이 아니라 진심이었다. 갈색의 머리칼하며 작은 얼굴, 진한 푸른색 눈동자가 빼다 박은 듯 닮았다. 온화한 오웬의 인상이 라테스는 첫눈에 마음에 들었다.

"과찬이십니다."

오웬이 수줍게 미소를 지으며 고개를 숙였다. 오웬이야말로 라테스가 생각했던 것보다 훨씬 미남이라서 속으로 놀라는 중이었다.

짧은 붉은색 머리칼이 정돈되지 않은 채 아무렇게나 흩어져 있었지만 지저분하단 느낌은 들지 않았다. 외려 더 멋스럽고 유쾌해 보였다.

웃을 때마다 보이는 하얀 치아가 황제답지 않은 친근함을 안겨줬다.

오웬은 왠지 딸의 마음을 알 것 같았다. 살아온 환경으로 인해 어두운 일면이 많으면 어쩌나 걱정했던 것과는 달리, 황제는 밝고 건강한 느낌이었다.

무엇보다 당당한 눈빛이 보기 좋았다.

"그럼 식사를 시작할까요?"

식사는 황제가 도착하기 전 이미 차려진 상태였다. 갓 내와야 하는 음식들은 보안을 위해 사장인 제프리온이 직접 움직였다.

음식 맛은 바다향기의 명성에 걸맞게 아주 좋았다. 평소 해산물을 즐겨 먹던 라테스와 럼블리 백작도 이런 맛은 처음이라며 한동안 칭찬을 늘어놓았다.

라테스는 그러면서도 연신 레지나와 눈빛을 주고받았는데, 그것을 두고 볼 백작이 아니었다. 그가 헛기침을 터뜨리며 혼잣말처럼 중얼거렸다.

"흠흠, 얼굴이 아주 닳겠습니다."

말이 혼잣말이지 소리는 모두에게 다 들리고도 남을 만큼 컸다. 라테스와 레지나의 양볼이 동시에 붉어졌고, 리안과 오웬은 입을 가리며 웃음을 참았다.

럼블리 백작이 한마디를 더 보탰다.

"몇 달 후면 실컷 보실 것 아닙니까? 아껴두시라는 신의 조언이옵니다, 폐하."

라테스의 고개가 바람소리를 내며 획 꺾였다. 서늘한 그 눈빛에 백작이 애써 시선을 피하며 마지막 핑계를 갖다 댔다.

"바다향기가 무엇입니까? 황도를 대표하는 명물이 아닙니까? 바다향기에 왔으면 음식에 집중해야 합니다. 암, 그래야지요. 이보게, 여기 이것 좀 더 주겠나?"

차마 황제를 마주할 용기는 나지 않는지 백작이 앞에 있는 음식을 가리키며 제프리온을 찾았다. 제프리온이 미소를 지으며 바로 아래층으로 내려갔다.

그때 백작을 위해 리안이 손수 나섰다.

"폐하, 두 공작 측에선 여전히 아무 말이 없습니까?"

"아직은 없네. 아마도 내일 대전회의에서 결판이 나겠지."

"그들이 뭘 원할지는 짐작이 가십니까?"

"글쎄. 하지만 뻔하겠지. 황실에 상납하는 조세율을 내려달라든가, 사병의 제한수를 풀어달라든가 하는 거 말일세."

별로 대수롭지 않은 말투였으나 사실 그건 그리 간단한 문제가 아니었다.

조세율을 내리면 황실의 재정은 그만큼 타격을 입을 것이고, 사병의 제한수를 풀게 되면 다들 사병을 늘리려고 혈안이 될 것이다. 또한 그리 되면 안 그래도 불안한 황권이 더욱 약해질 것은 자명했다.

"하하, 그래도 너무 걱정 말게. 이제는 나도 그리 호락호락한 황제가 아니라는 것을 보여줄 참이니까."

레지나의 불안한 시선이 느껴진 탓일까? 라테스가 크게 웃으며 모두를 안심시켰다.

사실 말을 안 해서 그렇지, 이번 일을 진행하며 라테스는 어느 정도 양보할 생각을 처음부터 하고 있었다. 문제는 그것이 어느 선에서 마무리가 되냐는 것이었다.

"자, 한잔 들지."

이런 화제로 지금의 자리를 망치고 싶지 않았다. 골치 아픈 일은 잠시 뒤로 물리고 라테스는 오늘을 만끽하기로 했다.

"저는 왜 빼십니까?"

라테스가 칼리스타 가족만 챙기자 럼블리 백작이 서운하다는 듯 끼어들었다. 그를 향해 잠시 눈을 흘기긴 했으나 라테스는 끝내 웃으며 백작을 받아줬다.

황궁을 오래 비울 수 없어 짧은 만남이었지만, 궁으로 돌아가기까지 라테스는 무척 즐거운 시간을 보냈다.

리안의 배려로 잠시 레지나와 둘만의 시간도 가졌으니 이보다 더 행복한 적이 언제였나 싶었다.

앞으로 어떤 험난한 일이 있을지는 모르겠지만, 레지나를 위해서라도 지금까지와는 다른 삶을 살겠다고 라테스는 다짐하고 또 다짐했다.

제5화

준비된 흉년

“흠…….”

리안은 자못 심각한 얼굴로 포와티어가 내민 보고서를 읽어 내려갔다. 고작 몇 장만 보았을 뿐인데도 올해 제국민들의 사정이 전년보다 훨씬 열악해졌음을 알 수 있었다.

“대출 신청자가 지난해보다 무려 다섯 배나 늘었군. 아마 계속 늘어나겠지?”

“네, 거기 보시면 복권의 수요도 대폭 증가한 것을 아실 수 있을 겁니다.”

“응, 안 그래도 보고 있어. 생활이 어려우니 복권에 기대를 거는 것이겠지.”

"황도의 뒷골목에도 점점 노숙자의 수가 많아지고 있습니다. 먹고살기 막막한 이들이 일자리를 찾아 올라왔다가 고향으로 내려가지도 못하고 있는 실정입니다."

"흉년이 참 여러 사람 잡는군."

오늘 리안의 집무실에는 라키아와 아사가 오랜만에 놀러와 있었다. 평소 뱅크의 일에는 관심도 없는 라키아지만, 오늘은 내용이 내용인지라 자기도 모르게 인상을 쓰며 차갑게 중얼거렸다.

그러자 류지의 머리카락을 손가락으로 돌돌 말며 장난을 치고 있던 아사가 작게 속삭였다.

"그러게. 잡아야 할 사람은 안 잡고 말이야."

그 말은 맞은편 라키아의 귀에도 분명하게 들렸다.

아사는 굳이 고개를 돌리지 않아도 상대가 자신을 노려보고 있음을 느낄 수 있었다. 눈을 마주치면 분명 노려보는 것만으로 끝나지 않으리라.

괜히 또 싸웠다가는 리안에게 혼날 수도 있으니, 이럴 땐 모른 척하는 것이 상책이었다.

"류지, 네 머릿결 참 부드럽다."

"그렇습니까?"

"응, 촉감이 아주 좋아."

"감사합니다."

아사의 태도가 괘씸했지만 라키아는 오늘만큼은 참기로 했다. 지금 같은 분위기에 공연히 자신까지 리안의 심기를 불편하게 만들고 싶지는 않았다.

그때 뭔가를 생각하는 듯 말이 없던 리안이 보고서를 내려놓으며 지시했다.

"일단 전에 회의에서 결정했던 대로 영업 방침을 바꾸고, 전 지점에 가드를 보강하도록 해. 굶주림은 선량한 사람도 도적으로 만들 수 있으니 당분간은 신경 써야 할 거야."

"흉년이 오래갈까 걱정입니다."

"내년엔 괜찮겠지. 포와티어, 우리 희망을 가지자고."

"네……. 아, 영주님. 이거 받으십시오."

포와티어가 내민 것은 두꺼운 서류철이었다.

익숙한 글씨체를 보고 리안은 싱긋 웃었다. 이젠 글씨체만 보고도 누가 작성했는지 한눈에 파악이 됐다.

"루센 길드에서 사람이 왔었습니다. 직원들에 관한 것이기 때문에 수정할 게 있을지 몰라 제가 먼저 훑어보았습니다."

"매달 수고가 많네."

칼리스타 뱅크에는 매달 직원들에 대한 상세 보고서가 루센 정보 길드를 통해 올라온다. 예전에는 직접 교육시킨 영지민만을 고용했기 때문에 그럴 필요가 없었지만 지금은 다르다.

2년 사이에 규모가 확 커지면서 영지민만으로 뱅크를 운영하기에는 무리가 따랐다. 현재 뱅크에서 일하는 영지민의 비율은 고작 삼 할 정도였다.

물론 직원을 차별하려는 것은 아니었다. 그저 혹시 있을지 모르는 사고를 미연에 방지하기 위해서다.

칼리스타 뱅크는 뱅크계에 새바람을 일으켰고, 지금은 당당히 설리번 뱅크라는 최고의 뱅크와 어깨를 나란히 하고 있었다.

시기와 질투는 자연스레 따라오는 것이다. 조사 대상은 거르고 걸러 현재는 꽤 많이 압축된 상태였다.

"그럼 오늘 보고받을 건 끝난 거지?"

리안은 서류를 챙겨 가방에 넣으며 자리에서 일어났다. 지금은 가볼 곳이 있기 때문에 저녁에 집에 가서 천천히 읽어볼 생각이었다.

"네, 나가시려고요?"

"응, 약속이 있어."

"레지나 아가씨의 결혼식 때문에 바쁘신가 봅니다."

"특별히 내가 바쁜 건 없어. 어머니와 레지나가 정신없지."

다른 건 잘 모르겠지만 결혼식 때문에 준비해야 할 레지나의 드레스가 무려 열 벌이 넘었다. 때와 장소에 맞게 드레스의 소재를 정하고 또 분위기에 어울리는 디자인을 짜야 했다.

지금 저택은 그 일로 아예 의상실이 한쪽 방에 따로 차려진 상태였다.

"리안, 오늘은 나랑 노는 거 아니었어?"

리안의 일이 끝나기를 얌전히 기다리고 있던 아사에게는 청

전벽력과도 같은 소리였다. 아사가 불만이 가득한 얼굴로 리안을 향해 걸어왔다.

라키아도 말은 없지만 불쾌한 기색이 역력하다. 변화가 없는 건 류지가 유일했다.

"그게 아까 낮에 사람이 왔다 갔어. 지금 바로 입궁해야 해."

"입궁? 황제가 또 불러?"

"응, 미안해. 대신 내가 내일은 꼭 시간 비워둘게."

"……알았어. 하는 수 없지."

레지나가 황제에게 시집을 간다는 건 아사도 알고 있었다. 서운하지만 자신을 예뻐했던 레지나를 위해서라도 아사는 떼쓰지 않기로 했다.

하지만 축 처진 어깨가 리안으로 하여금 안쓰러운 마음이 들게 했다.

지금은 류지가 있어 그렇지는 않지만, 예전에는 아사와 대부분의 시간을 보냈다. 녀석이 리안이 가는 곳은 어디든 졸졸 따라다녔기 때문이다.

인간이 아닌 묘인족이지만 아사는 리안에게 동생 같은 존재였다. 일을 핑계로 자신이 너무 소홀했던 것은 아닌지 미안한 마음이 들었다.

리안은 아사를 기분 좋게 할 게 뭐가 있을까 생각하다가 한 가지를 떠올렸다.

"대신 내일 바다 보러 가자!"

"바다?"

"요즘 안 가본지 꽤 됐지?"

"응, 안 그래도 나 거기 또 가고 싶었어! 리안, 정말이지?"

역시 바다란 말이 나오자 아사가 뛸 듯이 좋아했다. 사막에서만 자라 바다를 모르고 산 아사는 처음 바다를 보고 이렇게 큰 오아시스는 처음 봤다며 한동안 입을 벌린 채 아무 말도 하지 못했다.

그러다 갑자기 말릴 새도 없이 바다로 뛰어가더니 손으로 바닷물을 퍼마시는 것이었다. 당연히 입에 넣자마자 캑캑거리며 뱉었지만 말이다.

아무튼 그때 소금물이란 걸 처음 먹어본 아사는 이후로 바다의 아름다움에 푹 빠졌다.

사막과는 다른 시원한 바람과 짠 공기, 푸른 물결, 그 속에서 나오는 맛있는 해산물.

모든 게 신기했던지 아사는 바다만 가면 캭캭 소리를 지르며 어린아이처럼 뛰어다녔다.

마침 내일은 소머빌에 가서 이것저것 점검을 해야 하는 날이니 딱 적격이었다.

"그럼 정말이지. 내일 점심쯤에 갈 거니까 기다리고 있어. 라키도 같이 가자."

"봐서."

꼭 갈 거면서 저런다. 하긴 저래야 라키아답긴 하지만.

"그럼 이따 집에서 봐."

한결 가벼워진 마음으로 집무실을 나선 리안은 곧장 궁으로 향했다. 무슨 일로 자신을 찾는 것인지 궁금해하며.

*　　　*　　　*

리안이 황궁에 도착해 보니 그를 부른 것은 황제가 아닌 럼블리 백작이었다. 궁의 입구에서부터 리안을 기다리고 있던 자가 리안을 백작에게로 안내했다.

"안에 계십니다."

리안이 사내를 따라 들어선 곳은 전에 와본 적이 있는 황실 마법사들의 공동 연구실이었다. 저쪽에서 럼블리 백작이 뛰어오는 모습이 보였다.

"번거롭게 이곳까지 오시게 해서 죄송합니다!"

그리 먼 거리도 아니거늘 백작이 리안의 앞에 멈춰서며 숨을 헐떡거렸다. 마법사들이 연구실에만 틀어박혀 있어 체력이 약하다고 하더니, 백작도 어쩔 수 없는가 보다.

"아닙니다. 연락을 받고 오긴 했는데, 무슨 일입니까?"

"일단 저쪽에 앉으십시오."

백작이 가리킨 곳은 공동 연구실이 훤히 보이는 곳에 위치한 큼지막한 소파였다. 리안은 백작과 그곳에 나란히 자리를 잡고 앉았다.

"제가 임의로 뽑아놓기는 했지만, 그래도 직접 보셔야 할 거 같아서요."

"뭘 말입니까?"

"저쪽에 안경 낀 녀석 보이십니까?"

"네……."

"저기 갈색 로브를 입은 녀석은요?"

대부분이 황실 마법사를 상징하는 하얀색 로브를 착용한 것에 반해, 럼블리 백작이 가리킨 자는 색이 바랜 갈색 로브를 입고 있었다.

리안은 지금 대체 뭘 하는지는 알 수 없었지만 눈에 보이니 일단 머리를 끄덕였다.

"그리고 마지막으로 저기 구석에 여자애처럼 생긴 녀석 있지요?"

"……얼굴이 안 보여서 모르겠는데요."

"저쪽에 단발머리에 키가 크고 삐쩍 마른 녀석 있지 않습니까. 잘 보십시오."

"아, 저분이요."

"네, 이제 다 보셨네요. 저 셋입니다. 아카데미에 갈 선생들."

"아!"

그제야 리안은 럼블리 백작의 말을 알아들었다. 리안이 눈빛을 반짝이며 다시 한 번 세 명을 살폈다.

일단 세 명 모두 생각했던 것보다 꽤 젊었다. 안경 낀 사내와 갈색 로브를 입은 사내는 삼십 대 정도였고, 단발머리는 그보단 어린 듯했다.

"그러고 보니 저분은 그때 저랑 부딪혔던 분 같은데요?"

예전에 처음 이곳에 왔을 때 책을 탑처럼 쌓아서 들고 가던 마법사의 뒷모습이 딱 저랬다. 혹시나 싶어 물었는데 역시나 그가 맞았다.

"네, 기억하고 계시네요. 저놈이 좀 정신이 없긴 한데 마법 재능은 아주 뛰어납니다. 저 나이에 벌써 3서클에 올랐으니까요."

"아직 이십 대 같은데 대단하네요."

"올해 스물다섯입니다. 가장 기대가 되는 제자죠."

"제자요?"

"네, 세 명 모두 저의 제자들입니다."

럼블리 백작이 부끄럽다는 듯 미소를 지으며 눈을 내리깔았다.

"아니, 어째서 제자들만……."

혹시 욕심 때문에 일부러 선생을 제자로만 구성하였나 싶은 생각이 먼저 들었지만, 리안이 아는 백작은 그런 사람이 아니었다.

아니나 다를까.

백작이 대번에 곤란한 표정을 지으며 말을 흐렸다.

"그게……, 아무리 어르고 달래도 통 가려고 하질 않아서 말입니다……."

"그럼 제자분들은 어떻게……?"

리안은 질문과 동시에 스스로 답을 알아챘다. 당연히 럼블리 백작의 제자들도 선생이 되기는 싫었을 것이다.

그렇다면 답은 하나다.

스승이 강제로 명을 내린 것이다.

대답을 못하는 모양새가 리안의 짐작이 맞는 듯했다.

"원망 많이 들으셨겠습니다."

"하하, 괜찮습니다. 저 녀석들이 아직 칼리스타 백작님의 실체를 몰라서 그러는 거 아닙니까? 나중에는 분명 제게 고마워할 겁니다."

달리 생각하면 럼블리 백작에게도 기쁜 일이었다. 비록 스승이라는 지위를 내세워 지금은 강요를 하고 있지만, 결론적으로 제자들에게는 다시없을 좋은 기회인 것이다.

부디 이번 기회에 세 녀석 모두 발전하기를 백작은 진심으로 바랐다.

"전에 제가 드린 말씀 기억하시지요? 약속은 꼭 지키겠습니다."

말은 안 해도 럼블리 백작의 표정을 보니 제자들로 인해 심기가 많이 상한 게 확실했다. 그의 제자인 만큼 리안은 더욱 신경 써서 조언을 해줄 것을 다짐했다.
"저야 감사할 따름입니다. 그나저나 괜찮겠지요?"
"무엇이 말입니까?"
"저 녀석들 말입니다. 칼리스타 백작님이 보시기에 선생으로서의 능력이 모자라진 않습니까?"
"아, 그것 때문에 저를 일부러 부르신 겁니까?"
"네, 마음에 드시지 않으면 어쩌나 해서요."
럼블리 백작으로선 당연한 걱정이겠지만, 리안이 보기에 그것은 괜한 걱정이었다.
리안은 이미 선생으로 뽑혔다는 얘기를 듣자마자 용언마법을 통해 셋의 실력을 살폈다.
가장 나이가 어린 단말머리 청년을 포함해 모두가 똑같은 3서클의 마법사였다. 다만 안경 낀 사내가 고리의 탄탄함이 가장 좋았고, 그 다음이 갈색 로브 사내, 그리고 단발머리 청년이었다.
3서클이라면 아카데미에서 마법을 가르치기에는 전혀 손색이 없는 경지였다.
셋씩이나 되는 제자를 모두 3서클의 마법사로 키웠다니, 새삼 럼블리 백작의 능력이 대단하게 느껴졌다.
"괜한 걱정이십니다. 저분들이 와주신다면 그보다 기쁜 일이 또 어디 있겠습니까?"
"진심이십니까?"

“그럼요. 두 분은 이미 3서클을 마스터하신 듯하니, 조금 있으면 4서클에 오르시겠습니다.”

“그게 어디 쉬워야 말이지요. 그저 칼리스타 백작님만 믿겠습니다.”

한눈에 제자들의 상태를 알아보는 리안의 능력에 백작은 내심 놀랐지만, 이미 그가 자신보다 높은 경지임을 알기에 이해하고 넘어갔다.

“제가 도울 수 있는 한도 내에서는 최선을 다하겠습니다.”

“감사합니다.”

말이라도 고마웠다. 럼블리 백작은 앉은 채로 리안을 향해 고개를 숙여 감사함을 전했다.

‘응?’

그때 리안의 왼쪽 손목에 채워진 팔찌가 백작의 눈에 띄었다. 금과 노란색 보석으로 이루어진 뱀 모양의 팔찌였다. 어젯밤 책에서 보았던 것과 비슷한.

백작은 자신도 모르게 리안을 향해 몸을 숙이며 팔찌를 세세히 뜯어보았다.

“왜 그러십니까?”

리안은 백작의 갑작스런 행동에 당황하며 자리를 조금 옆으로 이동했다. 그러자 럼블리 백작이 같이 엉덩이를 밀며 다가왔다.

“이 팔찌 말입니다……. 혹시 어디서 나셨는지 여쭤 봐도 되겠습니까?"

"팔찌……를요?"

설마 팔찌에 대해 물을 거라고는 전혀 생각하지 못했기에 리안은 깜짝 놀라 눈을 치떴다.

이게 어떤 것인지 알아보았단 말인가?

"네, 직접 사신 겁니까?"

"제가 직접 산 건 아닙니다만……, 아마 어머니께서 구입하셨을 겁니다."

리안은 일부러 오른손으로 팔찌를 만지는 척 가리며 조금 더 옆으로 자리를 옮겼다.

"어디서 구입하셨답니까?"

"글쎄요. 그건 저도 잘……."

"사실 이 팔찌가 제가 책에서 본 팔찌와 너무 비슷해서 말입니다. 혹시 풀어 봐도……."

"비슷한 팔찌가 어디 한둘인가요? 저도 액세서리에 대해선 잘 모르지만, 이런 모양의 팔찌는 흔할 겁니다."

리안은 아예 자리에서 일어났다.

그때 행운이었을까?

마침 지나가는 자의 팔목에서 비슷한 모양의 팔찌를 발견했다.

"저기 저분도 저랑 비슷한 팔찌를 차셨네요!"

"네?"

리안의 말에 럼블리 백작이 처음으로 팔찌에서 시선을 떼고 몸을 일으켰다. 그런 그의 눈에 정말로 비슷한 팔찌가 보였다.

"시장에 한번 나가보십시오. 그러면 제 게 별로 특별하지 않다는 걸 아실 겁니다."

"……."

다시 럼블리 백작의 눈길이 리안의 팔목으로 향했다. 만일 책을 가져와서 자세히 대조라도 해보자고 하면 낭패가 아닐 수 없었다.

대지의 숨결이 책을 통해 소개가 되면서 비슷한 모양의 팔찌가 쏟아져 나왔다는 걸 알면 마음 편히 우길 수 있었을 테지만, 불행히도 리안은 그 사실을 몰랐다.

리안이 급히 다른 말을 꺼냈다.

"폐하께선 요즘 어떠십니까?"

"……뭐, 잘 지내고 계십니다."

개운해 보이진 않았지만 럼블리 백작이 마침내 고개를 들고 리안을 쳐다봤다.

"국혼을 앞두고 흉년이 들어 걱정이시긴 하지만요."

"레지나도 요새 기운이 조금 빠져 보입니다."

"괜한 화살이 쏠리면 안 될 텐데……."

인간은 대부분 안 좋은 일이 생기면 누군가를 탓하고 싶어 한다. 가뭄과 병충해로 인해 제국에 흉년이 든 이때, 하필이면 국혼이 생겼으니 입에 오르기 딱 좋은 셈이다.

아직 드러내놓고 원망하는 사람은 없지만, 엘의 정보에 의하면 이미 그런 말들이 솔솔 나오고 있다고 했다.

황후의 재목이 부족하여 신이 노하였다!

리안으로선 어이가 없지만 급속도로 퍼져나가며 공감대를 형성하고 있다고 들었다.

황후가 되는 첫 관문 치고 참으로 고약한 시련이었다. 이번 일로 레지나가 상처받지 않기를 바랄 뿐이다.

물론 오빠로서 그냥 두고 볼 생각은 없었다. 몇 해 전부터 이미 준비하고 있던 일이기도 하다. 그것이 이런 용도로 쓰일 줄은 몰랐지만, 레지나의 이름을 알리는 데에는 크게 한몫할 것이 분명했다.

"너무 걱정하지 마십시오. 다 잘 될 겁니다."

"물론 그래야지요."

"폐하께는 레지나도 잘 지내고 있다고 전해주십시오. 괜한 염려 끼쳐드리고 싶지 않으니까요. 그럼 볼일이 끝난 것 같으니 저는 이만 가보겠습니다."

"벌써 가시게요? 제 연구실로 가서 차라도 한잔 하고 가시지 않고요."

"저도 그러고 싶지만 갑자기 이곳에 오게 된 터라 일을 다 마치지 못했습니다."

서운함이 가득 떠올랐지만 럼블리 백작은 리안을 잡지 않았다. 바쁜 사람인 걸 아는 탓이다. 그가 직접 리안을 마차가 있는 곳까지 배웅했다.

"그럼 다음에 뵙겠습니다."

리안을 실은 마차가 먼지를 일으키며 황궁의 정문을 향해 달렸다.

*　　　　*　　　　*

어느덧 황제와 레지나의 결혼식이 한 달 앞으로 다가왔다. 가뭄은 더욱 극심해졌고 민심은 갈수록 흉흉해졌다.

우려했던 대로 황제가 황후를 잘못 골라 신이 노했다는 말이 제국 전역에 퍼졌다. 제국의 앞날에도 불안한 징조라며 국혼을 취소시켜야 한다는 격한 말까지 떠돌았다.

그러나 그런 소문을 믿지 않는 예외인 곳도 있었으니, 바로 리안이 다스리는 영지였다.

제국 전체에 흉년이 든 것과는 별개로 리안의 영지는 어느 때보다 활기찼다.

영지 개간이다 뭐다 해서 일거리가 넘쳐나기도 하고, 가뭄으로 먹고살기가 힘들어지니 소문을 들은 사람들이 리안의 영지로 몰려들었다.

리안은 자유민이면 거부하지 않고 모두 받아주었다. 하지만 리안의 영지로 넘어오는 이들 중에는 노예도 있었고, 죄를 짓고 도망 온 범죄자도 있었다.

범죄자는 범죄자라는 게 알려지는 순간 바로 지하 감옥으로 처넣으면 그만이었지만, 문제는 도망쳐 온 노예들이었다.

노예는 사람이기 이전에 누군가의 소유물이다. 그렇기에 리안이 데리고 있다간 문제가 생길 수도 있었다.

등에 찍힌 낙인으로 노예인지 아닌지를 구분하는 데에는 별 어려움이 없었으나, 주인이 누군지 모르니 노예가 말하지 않는 이상 리안이 돌려보낼 방법은 없었다.

도망친 노예에게 내려지는 처벌은 죽음이나 죽을 만큼의 매질이었다. 당연히 대다수의 노예들이 입을 다물어 버렸다. 개중에는 두려움을 이겨내지 못하고 자결을 하는 노예도 있었다.

그래서 고민 끝에 리안이 생각해낸 방법은 그들을 주인으로부터 사오는 것이었다.

살려주겠다는 약속을 내걸어 주인의 이름을 말하면 리안이 사람을 시켜 그 주인과 따로 거래를 했다.

도망친 것이 괘씸하긴 하지만 죽이는 것보다는 돈을 받고 파는 것이 나았기에 대부분의 주인들은 리안의 거래를 받아들였다.

리안은 그렇게 거둬들인 노예들을 전부 황무지로 보냈다. 그들에게 황무지를 개간하는 일을 맡긴 것이다.

인구는 자꾸 늘어나는데 리안의 영지에는 농지가 턱없이 부족했다. 반면 쓸모없는 땅덩이는 농지의 몇 배나 된다.

언제가 될지는 몰라도 리안은 영지의 모든 땅을 쓸모 있는 땅으로 바꿀 생각이었다.

힘든 일이니만큼 노예들에게는 매 끼니마다 식사가 지급되었고, 허름하지만 쉴 공간도 마련해 주었다.

밤낮 없는 노동에 시달리며 하루에 한 끼조차 먹기 힘들었던 것에 비하면 리안의 영지는 그들에게 천국이나 다름없었다.

비록 여전히 노예의 신분이지만 그들의 얼굴에는 서서히 미소가 생겼고, 마음속에는 영주에 대한 존경심이 피어났다.

"영주님, 아무래도 치안대를 더 뽑아야 할 것 같습니다. 새로운 마을이 자꾸 생겨나는 바람에 지금 인원으로는 순찰만 돌기도 벅찹니다."

보고하는 알만의 얼굴에는 피곤한 기색이 역력했다. 아카데미 건설이 이제 막바지에 이른 데다가, 리안을 대신해서 이것저것 진행하는 일이 많다 보니 무리를 한 게 분명했다.

"알만, 잠은 제대로 잤어?"

"네?"

리안이 갑자기 화제를 돌리자 읽던 보고서에서 시선을 떼며 알만이 고개를 들었다.

"얼굴빛이 안 좋아. 일도 중요하지만 사람은 무엇보다 건강이 중요해."

"저는 괜찮습니다."

"내 눈에는 전혀 그렇게 보이지 않는걸? 저리 가서 앉아 봐."

리안은 머뭇거리는 알만을 억지로 끌어당겨 의자에 앉혔다. 그리고 그가 무슨 일인지 깨달을 새도 없이 마법을 시전했다.

"리커버리!"

'헉!'

알만은 깜짝 놀라 숨을 훅 들이마셨다. 갑자기 스산한 바람이 머리에서 발끝까지 부는가 싶더니 몸이 부르르 떨렸다. 그리고 조금 전과는 전혀 다른 신체의 변화를 겪었다.

"어때?"

리안은 한 발자국 뒤로 물러나며 기대에 찬 얼굴로 물었다.

"조, 좋습니다."

알만은 주섬주섬 자리에서 일어나 자신의 몸을 살폈다.

'이런 게 마법이란 말인가?'

영주님의 말 한마디로 피곤함에 찌들었던 육체가 확 달라졌다. 납덩이같던 몸에 기운이 솟았고 며칠째 그를 괴롭히던 두통이 사라졌다.

그뿐인가. 체력 고갈로 인해 침침하던 시력까지 돌아왔다. 이런 감각을 마지막으로 느낀 것이 언제였는지 지금은 생각도 나지 않는다.

알만은 새삼 리안이 마법사라는 사실을 자각하는 한편, 마법의 편리함과 위대함에 감탄했다.

“회복 마법이야. 왜 진작 이 생각을 못했는지 몰라. 앞으로도 피곤하면 말하도록 해.”

“이렇게 사사로이 마법을 쓰셔도 되는 겁니까?”

“간단한 마법이니까 괜찮아. 그리고 사사로우면 어때? 나한텐 알만의 건강이 무엇보다 중요한데.”

“그래도…….”

“걱정하지 마. 이 정도는 정말 괜찮으니까.”

“감사합니다.”

알만은 자신을 생각해 주는 리안의 배려에 진심으로 감사해하며 허리를 깊이 숙였다.

“너무 그렇게 고마워할 필요 없어. 이게 다 알만을 부려먹으려는 나의 고도의 수법이니까.”

“하하, 얼마든지 그러십시오. 이제는 마음 놓고 날을 샐 수 있을 것 같습니다.”

리안의 농담에 알만이 한술 더 뜨며 크게 웃었다. 리안도 입가에 미소를 지으며 자리로 돌아갔다.

알만의 보고가 이어졌다.

“부족한 건 치안대뿐만이 아닙니다. 인구가 불어나니 자연스레 관리들이 할 일도 늘어납니다. 다들 일이 너무 많다고 불평이 이만저만이 아닙니다.”

“응, 그건 나도 생각했던 문제야. 지금의 숫자로는 감당하기 벅차겠지."

"그래서 말입니다, 영주님. 올해 임시 아카데미의 졸업생들을 관리로 임명하는 건 어떻겠습니까?"

"졸업생들을?"

"네, 하루라도 빨리 뱅크에서 일하고 싶어하는 학생들도 있겠지만, 반대로 영지를 떠나기 싫어하는 학생도 있을 겁니다. 그런 학생들에게 관리를 도우며 일을 배우게 하면 좋지 않을까요?"

"호오, 그거 괜찮은데? 그렇게만 된다면 당분간 그쪽은 걱정하지 않아도 되겠어."

상당히 좋은 생각이었다. 처음부터 큰 도움이 되지는 않겠지만, 시간이 지날수록 관리들도 숨통이 트일 것이다.

그럼 남은 것은 알만이 가장 걱정하는 치안대 문제였다.

"치안대 모집은 새로 들어온 자들로 구성하는 것도 나쁘지 않을 것 같아. 당장 일자리를 구하려고 할 테니, 그쪽 계통으로 경험이 있는 자들을 우선 뽑아봐."

"알겠습니다."

"그리고 이번에 거둬야 할 세금 말이야. 흉년이고 하니 세율을 내렸으면 하는데, 알만 생각은 어때?"

"옳으신 결정입니다. 전대 영주님께서도 흉년이 들면 감면을 해주시곤 하셨습니다."

아무리 흉년이라지만 세금을 내린다는 건 결코 쉬운 결정이 아니었다. 그럼에도 오로지 영지민을 위해 그러한 결정을 내려준 리안이 알만은 참으로 자랑스러웠다.

"영지민들이 분명 영주님께 감사해할 겁니다."

"감사는 무슨. 흉년인데 당연한 거지. 그보다 세금을 내려도 형편이 어려워 내지 못하는 영지민이 분명 있을 거야. 그런 자들에 한해 일정 기한을 조금 더 주면 어떨까?"

"기한이라면 어느 정도를 말씀하시는 겁니까?"

"그걸 어찌해야 할지 모르겠어. 한 달 뒤에 받자니 형편이 바로 나아지지 않는 이상 먹고살기도 힘든데 당장 돈이 어디서 나겠어."

"음…… 그렇지요. 그럼 영지민들에게 결정을 하라고 하는 건 어떨까요?"

"영지민들에게?"

"네, 각자 경제적 사정이 다르지 않습니까. 우리들이 정해주는 것보다, 자기들이 언제까지 내겠다고 정하는 편이 여러 면에서 편할 것 같습니다. 스스로가 정한 것이니 약속을 더 잘 지킬 수도 있고요."

일리 있는 말이었다.

하지만 거기에는 한 가지 단점이 있다.

"근데 그렇게 했다가 누구는 두 달 뒤에 갚기로 하고, 누구는 일 년 뒤에 갚기로 하면 형평성에 문제가 있는 거 아닐까?"

"아, 그게 문제군요."

거기까진 미처 생각하지 못한 듯 알만이 아쉬운 표정을 지었다.

"……."

리안은 곰곰이 생각해 보았다. 따지고 보면 일정 기한을 준다는 것 자체가 형평성에 어긋나는 문제였다.

먹고 싶은 거, 입고 싶은 거 다 참아가며 악착같이 모아 제날짜에 세금을 낸 자들에게는 힘 빠지는 일일 수도 있는 것이다.

흉년이라는 어려운 상황에 편의를 봐주는 것이지만, 이런 식으로 계속 봐주기만 한다면 그것도 좋은 건 아니었다.

'그렇다면…….'

리안은 뱅크를 떠올렸다.

뱅크에서는 고객에게 돈을 빌려주고 금액에 따른 이자를 받아 수익을 챙긴다. 남의 돈을 공짜로 가져다 쓰는 것이니 일종의 사용료를 내는 것이다.

세금을 제날짜에 내지 않는 자들도 어찌 보면 돈을 빌려간 고객과 다를 바가 없다.

즉, 그들에게도 이자를 받으면 되는 것이다. 물론 상황이 상황인 만큼 뱅크에서 적용되는 이율보다는 낮게 책정해야 할 것이다.

"알만, 좋은 생각이 났어! 가산금을 붙이는 거야."

"가산금이요?"

"응, 세금을 내야 하는 날짜를 미뤄주는 대신, 늦어진 날짜 수만큼 가산금을 매기는 거야. 그러면 늦게 낼수록 세금이 커지니까 다들 조금이라도 빨리 내려고 하지 않겠어?"

"아, 그렇겠네요! 사실 있으면서도 내지 않으면 어쩌나 걱정을 조금 했었습니다. 하지만 그렇게 하면 그런 걱정은 하지 않아도 되겠네요."

알만은 대찬성이라며 기쁘게 고개를 끄덕였다.

"흉년 때문에 다들 힘이 빠져 있을 텐데, 이걸로 조금이나마 기운을 차렸으면 좋겠어."

"저는 지금이라도 어서 비가 왔으면 좋겠습니다. 올해 농사는 망쳤지만, 내년에도 이럴까 봐 걱정입니다."

"내일은 직접 시장에 나가볼까 해."

"오늘은 성에서 주무시는 겁니까?"

업무 때문에 주기적으로 영지를 방문하긴 하지만, 밤에는 보통 황도로 돌아가는 리안이었다. 알만이 반색하며 눈을 치켜떴다.

"응, 그러려고. 흉년에다가 늘어난 인구 때문에 물가가 폭등할까 봐 걱정스러워. 황도는 지금 장난이 아니거든."

"저도 들었습니다. 옆 영지에서 넘어온 사람들 말로는 50쿠퍼를 가져가도 밀 한 자루를 사기 힘들답니다. 보통 5, 6쿠퍼면 살 수 있었는데 말이지요."

"거의 열 배나 오른 셈이군."

"네, 저희야 그동안 체노위스 가에서 받은 게 있으니 그렇지, 아마 다들 상황이 비슷할 겁니다."

체노위스 가라면 리안이 거액의 도박 빚을 갚아주면서 인연을 맺은 가문이었다.

맥파랜드라는 기름진 땅을 소유한 덕분에 질 좋은 곡식을 생산하는 체노위스 가문은 그간 리안에게 곡식으로 이자를 갚아왔다.

말이 이자지, 워낙 금액이 컸기 때문에 지난 2년간 받은 곡식의 양은 어마어마했다. 창고가 모자라 새로 지을 정도였으니 가히 상상이 되리라.

흉년을 이미 예상하고 있었던 리안이 돈을 빌려주면서 내건 조건은 당분간 곡물의 판매를 줄이고 보관하라는 것이었다.

빌린 돈을 빨리 갚기 위해 쌓아 놓았던 것들까지 모조리 팔아치울 생각이었던 체노위스 가에겐 정말 황당하고 어이없는 조건이었다.

하지만 리안은 그것을 지켜야만 돈을 빌려주겠다고 약속했고, 가문을 지키려면 다른 방법이 없었기에 체노위스 가에선 승낙할 수밖에 없었다. 그리 어려운 조건도 아니었고 말이다.

리안이 내건 조건은 그것만이 아니었다.

리안은 담보도 없이 돈을 빌려주는 대신, 향후 5년간 맥파랜드에서 거둬지는 수확량 50퍼센트에 대한 독점 판매권을 요구했다.

예로부터 흉년이 들면 가난한 사람은 더욱 가난해지고 부자들은 더 큰 부자가 된다.

안 그래도 흉년으로 가격이 오른 농산물을 부자들이 대량으로 구입했다가 더 비싼 값에 팔아 이윤을 챙겨온 것이다. 지금의 십대 상단 중에서도 그런 방법으로 십대 상단이 된 곳이 있었다.

리안은 그걸 막고 싶었다. 그렇다고 평소보다 싸거나 비슷한 가격에 팔 생각은 아니었다.

흉년임을 감안해 평소보다 비싼 가격에 판매하지만, 폭리를 취하지는 않을 것이다.

수확량의 50퍼센트라는 건 엄청난 양이었고, 독점권까지 따냈으니 리안에게 떨어지는 수익은 어마어마했다.

물론 흉년이 들면 구휼미를 내렸다는 체노위스 가문의 전통 또한 이을 생각이었다. 더구나 지금은 흉년 때문에 애꿎은 동생이 욕을 먹고 있지 않은가.

레지나의 이름으로 구휼미를 푼다면 근거 없는 소문은 사그라질 것이고 위신까지 설 것이다.

며칠 후면 체노위스 가문을 방문해 본격적으로 곡물 사업을 시작할 터였다. 이미 상단도 준비되었다. 과연 귀족들이 어떤 반응을 보일지 리안은 자못 기대가 되었다.

제6화 조엘 상단

Ⅳ In Kallister

여명이 밝아오고 있었다.

포와티어의 지휘 아래 뱅크의 남자 직원과 가드들이 부지런히 포대자루를 날랐다. 커다란 짐마차에서 내려진 자루는 칼리스타 뱅크 정문 앞에 차곡차곡 쌓였다가, 다시 여러 대의 마차로 분산되어 옮겨졌다.

요한나가 장부에 그것들을 꼼꼼히 기록하는 동안, 다른 여직원들은 안에서 책상과 의자를 내와 빈 마차에 실었다.

마지막 포대가 마차에 오르고 모든 일을 끝마쳤을 땐 어느덧 숨어 있던 해가 차츰 모습을 보이고 있었다.

포와티어는 '금일휴업' 간판을 정문에 걸고 직원들과 함께 마차에 나누어 올라탔다.

마차는 그로부터 삼십여 분 뒤 조금씩 시간차를 두고 목적지에 도착했다. 장소는 다르지만 그들이 짐을 내린 곳은 모두가 황도의 빈민촌이었다.

각각의 장소에는 일을 돕기 위한 사람들이 이미 대기 중이었다. 그들과 함께 짐을 나르고 뜨거운 태양빛을 막아줄 천막까지 치자 꽤 그럴 듯한 간이 사무실이 완성되었다.

어느새 주변에는 마을 주민들이 하나둘씩 나와 호기심에 찬 시선을 보내고 있었다.

그렇게 얼마나 지났을까.

마침내 준비를 마친 직원과 일꾼들이 주민들을 향해 목소리를 높였다.

"구휼미를 나눠드립니다! 와서 줄을 서세요!"

"돈은 받지 않습니다! 걱정하지 마시고 오십시오!"

무슨 일인가 싶어 어슬렁거리던 주민들의 눈이 일제히 번쩍 떠졌다. 놀란 듯 잠시 정적이 있긴 했지만, 곧 너나 할 것 없이 천막 안으로 달려들었다.

장내는 순식간에 소란스러워졌다.

"차례를 지키세요! 그렇지 않으면 곡식을 나눠드릴 수 없습니다!"

"저희는 오늘 저녁까지 이곳에 있을 겁니다! 시간은 충분하니 모두 차례를 지켜주세요!"

여기저기서 아우성치는 통에 소리가 잘 전달되지는 않았지만, 반복된 말 탓인지 차츰차츰 진정하는 기미가 보였다.

질문도 터져 나왔다.

"정말로 그냥 주는 겁니까?"

"나중에 잡혀가는 거 아닙니까?"

행여 불상사라도 생길까 염려되는지 불안한 기색을 보이는 자들도 있었다.

그들의 걱정을 덜어주고자 직원들이 만면에 미소를 띠며 설명했다.

"당연히 잡혀가지 않습니다. 무료로 나눠드리는 거니까요. 하지만 지금처럼 차례를 지키지 않으면 드릴 수 없습니다."

부드럽지만 단호한 어투였다.

효과는 바로 나타났다. 조금이라도 먼저 받고자 앞을 다투던 사람들이 눈에 띄게 얌전해졌고, 웅성거림도 한결 가라앉았다.

소식을 전하기 위해 집으로 뛰어가는 자, 그새 바구니를 들고 온 자 등 천막 앞은 금세 사람들로 인산인해를 이뤘다.

그런 그들의 얼굴에는 오랜만에 활기가 띠었고 웃음이 피어나고 있었다.

곡식은 가족수에 따라 지급되었다. 간혹 욕심 때문에 거짓을 말하는 자들도 있긴 했지만, 대개가 순박하고 정직한 사람들이었다.

그들은 구휼미를 받는 내내 연신 고개를 숙여가며 고맙다는 말을 반복했다.

이것으로 굶어 죽어가던 노모를 살릴 수 있게 되었다고, 물 배만 채우던 아이들에게 드디어 따듯한 끼니를 줄 수 있게 되었다고 눈물을 흘리며 감사한 마음을 전했다.

그때마다 직원들은 이렇게 대답했다.

"저희는 그저 심부름을 할 뿐입니다. 감사해야 할 분은 따로 계십니다."

사람들이 물었다.

"그분이 누굽니까?"

"칼리스타 백작가의 레지나 님이십니다."

입과 입을 통해 순식간에 레지나의 이름이 전해졌다.

"글쎄, 이 곡식을 레지나란 사람이 준 거래!"

"레지나? 그게 누군데?"

"으음, 뭐라더라. 무슨 백작가의 딸이라던데……."

"쯧쯧쯧, 당신들은 칼리스타 뱅크도 못 들어봤소?"

"아, 맞다. 칼리스타! 어라? 근데 거기 딸이라면……?"

"맞소. 미래의 황후 마마께서 내리시는 거요."

변화는 다른 곳에서도 일어났다. 치솟는 물가로 한산하던 시장에 오랜만에 생기가 돌았다.

특히나 곡물 가게 앞은 사람들이 너무 몰려 발 디딜 공간조차 보이지 않았다.

느지막이 시장을 찾은 자들이 그 이상한 광경에 사람들을 붙잡고 물었다.

"대체 무슨 일입니까? 곡물 가게 주인이 죽기라도 했답니까?"

사내가 가게 안을 들여다보기 위해 까치발을 하고 섰지만, 제법 큰 키에도 불구하고 아무것도 볼 수가 없었다.

옆에 있던 중년인이 한숨을 내쉬며 말했다.

"어휴, 이 사람 아직 듣지 못했나?"

"뭘요?"

"밀 한 자루 값이 지금 8쿠퍼라지 않나. 다들 그것 때문에 난리네, 난리!"

"헉! 8쿠퍼요? 80쿠퍼가 아니고요?"

어제만 해도 분명 밀 한 자루 가격이 60쿠퍼를 웃돌았다. 80쿠퍼라면 몰라도 8쿠퍼라니, 사내는 도저히 믿을 수가 없었다.

대답은 뒤쪽에서 들려왔다.

"8쿠퍼 맞아요. 우리 집 양반이 아까 그 가격에 사왔으니까."

"정말 8쿠퍼에 사셨단 말입니까?"

"실은 나도 하도 못 믿겠어서 직접 내 눈으로 확인해 보려고 온 참이에요."

그렇게 말한 여인은 양 소매를 야무지게 걷어 올리더니 인파 속을 헤치고 안으로 들어갔다.

"여보게, 자네도 얼른 사지 않고 뭐하나! 언제 다시 또 오를지 모른다고!"

중년인의 외침이 사내의 정신을 번쩍 들게 했다. 그의 주머니에는 정확히 25쿠퍼가 들어 있었다. 그 돈이면 밀 세 자루는 살 수 있다. 더 이상 멀건 죽을 먹지 않아도 되는 것이다.

"잠시만요! 길 좀 비켜주세요!"

사내가 여인이 사라진 곳을 향해 급히 어깨를 들이밀었다.

곡물 가격에 대한 소식은 황도의 귀족들을 놀라게 하기에 충분했다. 몇몇 귀족은 직접 확인하기 위해 곡물 시장을 찾기도 했다.

저녁 무렵.

가게 앞은 여전히 행인조차 지나가기 힘들 정도로 많은 사람들로 붐비고 있었다. 인상 쓴 얼굴로 그 모습을 멀리서 지켜보던 남자에게 수하가 뛰어와 보고했다.

"8쿠퍼가 맞습니다. 밀뿐 아니라 보리와 콩 등 모든 곡물의 가격이 내렸습니다."

"어디서 구입하였다고 하더냐?"

"그것이……."

망설이는 수하의 태도에 남자의 눈매가 날카로워졌다.

"또 칼리스타 상단이냐?"

"네, 도련님."

송구하다는 듯 수하가 고개를 숙였다.

"하아, 여기도 칼리스타 상단이란 말이지?"

남자의 인상이 험악해졌다. 그가 어이없다는 듯 고개를 비틀며 곡물 가게를 노려보았다.

지금 이곳까지 합쳐 오늘 남자가 들른 곡물 가게는 총 여덟 군데였다. 그는 그곳에서 모조리 같은 말을 들었다.

칼리스타 상단

치솟는 곡물가 때문에 장사가 되지 않아 걱정이던 상인들에게 칼리스타 상단은 지금 시세에서는 상상할 수 없는 가격으로 곡물을 넘기며, 밀 한 자루 값이 8쿠퍼를 넘지 않아야 한다는 조건을 걸었다고 한다.

만약 임의대로 비싸게 팔다가 걸릴 시에는 다시는 곡물을 대주지 않겠다는 엄포와 함께.

그뿐이 아니었다.

귀족과 부유층들의 사재기를 방지하기 위해 손님 한 명에게 팔아야 할 밀의 양도 세 자루로 한정지었다.

손해를 보는 것도 아니고 오히려 돈을 벌 수 있는 기회였기에 곡물 가게 주인들은 모두 서약서까지 작성하고 거래를 텄다고 한다.

"……."

수하는 주인의 눈치를 조심스레 살폈다. 가게에 갔다가 어깨너머로 들은 것이 있는데, 그것을 말해야 할지 말아야 할지 고민스러웠다.

안 하자니 나중에 닥칠 일이 두렵고, 하자니 괜한 분노를 자신에게 터뜨릴까 무섭다.

고민은 길지 않았다.

"저…… 도련님."

수하의 부름에 남자가 짜증스럽다는 듯 눈길을 내렸다.

"오늘 아침 황도의 빈민촌에 구휼미가 지급되었답니다."

"뭐야? 구휼미?"

남자가 알기로 아직 황실은 물론 어느 귀족도 구휼미를 풀지 않았다. 아직은 때가 아니기 때문이다.

굶주리는 백성을 구제하기 위한 것이 구휼미이기는 하나, 귀족의 입장에 서면 조금 달라진다.

지도층에게 있어서 구휼미란 백성들에게 환심을 살 수 있는 기회인 것이다.

그러기 위해선 무엇보다 시기가 중요했다. 절박할수록 고마운 마음도 그만큼 커질 테니까.

아직은 이르다.

그때 남자의 머릿속을 스치는 것이 있었다.

'설마……!'

그가 찡그린 얼굴로 수하를 내려다봤다.
아니나 다를까.
"네, 칼리스타 백작가에서 시작하였다고 합니다."
"망할!"
남자는 이를 깨물며 낮게 욕을 터뜨렸다. 요즘은 어딜 가나 칼리스타, 칼리스타 하는 통에 머리에 쥐가 날 지경이었다.
"좀 더 정확히 말씀을 드리자면, 다음 달 폐하와 혼인하실 레지나 님의 이름으로 구휼미를 풀었다고 합니다. 어제까지만 해도 성혼을 취소하라며 황실을 원망하던 자들이 황후 마마 만세를 외치며 돌변했습니다."
"하하, 그런 식으로 환심을 사시겠다?"
남자의 얼굴에 냉소가 떠올랐다.
방법은 좋았다. 흉년인 지금 민심을 잡기 위해 그보다 더 좋은 수는 없을 것이다. 같은 편이었다면 아마 칭찬이라도 해줬으리라.
하지만 칼리스타 백작은 그에게 적이나 다름없는 존재였다. 루센 길드를 키운 장본인이니까.
쫄딱 망한 줄로만 알았던 루센 길드가 정보계에서 최근 두각을 나타내고 있다는 소식을 얼마 전에서야 들은 남자는 기가 막혔다.
아무에게도 말하지 못한 자신의 비밀을, 가장 숨기고 싶었던 이에게 들키게 한 것이 바로 루센 길드였다.

걷잡을 수 없는 분노에 휩싸였던 남자는 루센 길드를 없애는 데 전력을 쏟았었다. 뒷배도 없는 그저 그런 길드 하나를 처리하는 건 문제도 아니었다.

다만 그들도 의뢰받은 일이라는 것을 감안해 목숨만은 살려주었다. 거기엔 귀찮은 일을 피하고 싶은 마음도 있었다.

지금은 그것이 못내 후회스럽다.

"가자!"

남자가 몸을 휙 돌렸다.

더 이상 이곳에서 건질 것은 없었다. 일단 돌아가서 아버지께 사실을 알리고 상의를 하는 것이 순서였다.

칼리스타 백작이 상단을 언제 차린 것이며, 그만한 곡식을 어디에서 구한 것인지 알아내야 했다. 그 점에 대해서는 어느 정도 짐작되는 바가 있었다.

"아버지."

앵거스가 아버지의 집무실을 찾았을 땐 이미 손님이 와 있었다. 그에겐 그리 반갑지만은 않은, 하이든 자작과 모란 남작이었다.

"오셨습니까."

앵거스는 속마음을 숨긴 채 예의를 갖춰 정중히 인사했다.

"오, 앵거스! 이게 얼마만인지 모르겠군."

"그간 잘 지냈나?"

하이든 자작과 모란 남작이 반갑게 웃으며 앵거스에게 손을 내밀었다.

앵거스의 아버지인 콘로이 자작을 포함하여 하이든 자작과 모란 남작은 모두가 맥카시 공작 쪽 사람이었다. 덕분에 앵거스는 본의 아니게 어려서부터 자작과 남작은 물론, 그의 가족들까지 보며 자라왔다.

부모의 연배가 비슷하다 보니 자식들도 대개가 또래였는데, 그중 앵거스는 하이든 자작의 장남인 빌트와 모란 남작의 장녀인 올리비아와 특히 친했다.

빌트와 올리비아는 작년에 혼인을 했기 때문에 자작과 남작은 사돈 관계이기도 했다.

"저야 항상 잘 지내고 있지요. 아버지께 하이든 자작님과 모란 남작님에 대한 소식은 가끔 전해 들었습니다. 곧 손자를 보신다고요?"

"하하, 들었나?"

"네, 기쁘시겠습니다."

"당연히 기쁘다마다. 자네도 얼른 장가 좀 가게. 이 친구가 얼마나 부러워하는지 아는가?"

하이든 자작이 콘로이 자작을 가리키며 껄껄 웃었다. 그러자 옆에 있던 모란 남작도 고개를 끄덕이며 거들었다.

"맞아, 그래야 또 자네 자식과 우리 손자들이 친구처럼 지낼 것 아닌가. 어서 장가가게나. 내가 참한 신붓감 하나 물색

해 보지."

"말씀은 감사하지만 아직 전 생각이 없습니다. 아무튼 두 분 모두 축하드립니다."

앵거스는 결혼을 주제로 이야기를 길게 끌고 싶지 않았다. 그런 아들의 기분을 눈치챘는지 콘로이 자작이 나갔던 일에 대해 물었다.

"그래, 밖은 어떻더냐?"

"흉년이라고는 믿기 어려울 정도로 시장이 활발하게 돌아가고 있습니다."

"정말로 밀 한 자루 값이 8쿠퍼가 맞단 말인가?"

"네, 모든 곡물의 가격이 내려갔습니다."

"아니, 대체 어떤 놈들이 그런 짓을 벌였단 겐가!"

손자 얘기에 방금 전까지 화색을 띠던 모란 남작이 콧수염을 실룩이며 노기를 터뜨렸다. 칼리스타 상단에 대해서는 듣지 못한 채 이곳에 온 모양이었다.

앵거스는 잠시 뜸을 들였다가 말했다.

"칼리스타 상단입니다."

"칼리스타……?"

콘로이 자작은 말이 없었고, 하이든 자작과 모란 남작은 동시에 고개를 갸웃거렸다. 둘의 눈이 점점 벌어졌다.

"설마 우리가 알고 있는 그 칼리스타를 말하는 건가?"

"네, 모란 남작님. 총 여덟 곳의 곡물 가게를 들렀습니다.

모두가 칼리스타 상단에서 곡물을 받았다고 하더군요."
"이럴 수가! 칼리스타 백작이 상단에까지 손을 대려는 것이란 말인가?"
하이든 자작이 고개를 저으며 심각한 표정을 지었다.
"드릴 말씀이 하나 더 있습니다."
다시 앵거스에게로 시선이 모였다.
"오늘 아침 황도의 빈민촌에 구휼미가 풀렸습니다."
"구휼미가?"
"네, 칼리스타 백작이 여동생의 이름으로 뿌리는 구휼미였습니다."
구휼미가 거론되자 흠칫하던 세 사람의 얼굴에 이해의 기색이 스쳤다. 레지나에 대한 소문을 그들도 아는 탓이다.
소문을 잠재우기 위해서는 그보다 좋은 방법이 없었을 것이다.
"허허, 칼리스타 뱅크로 엄청난 돈을 벌고 있다고 듣기는 했으나 이 정도일 줄이야……."
"그래도 뭔가 좀 이상하네. 그 많은 곡식을 칼리스타 백작이 어디서 구했단 말인가? 지금은 제국 전역에 흉년이 들지 않았나? 이건 말이 안 되네."
"아니, 말이 되네."
지금껏 아무 말이 없던 콘로이 자작이 입을 열었다.
그는 젊은 시절부터 셋 중 가장 심계가 깊은 친구였다. 하이든 자작과 모란 남작이 콘로이 자작을 향해 고개를 돌렸다.

"……체노위스."

콘로이 자작은 아들의 입에서 칼리스타 상단이라는 말을 듣는 순간 체노위스 가문을 떠올렸다.

"칼리스타 뱅크에서 체노위스 백작의 빚을 갚아준 사실을 기억하는가?"

"아, 그러고 보니……!"

어찌 잊을까.

다름 아닌 2년 전 그 사건으로 칼리스타 뱅크는 귀족들의 머릿속에 각인되며 오늘날 최고의 뱅크로 성장했다.

"분명 그때야. 칼리스타 백작에게 그 많은 곡식이 어디서 났겠나? 오늘 같은 날이 올 줄 알고 칼리스타 백작은 체노위스 가문을 도운 것일세."

"아직 스무 살밖에 안 된 자입니다. 설마 흉년까지 예상했겠습니까?"

"나이가 어린 걸로 얕보기엔 너무 늦었다고 생각하지 않느냐?"

지금의 칼리스타 뱅크는 설리번 뱅크보다 위면 위지, 결코 아래가 아니었다. 그런 뱅크를 만든 자가 바로 칼리스타 백작이었다.

콘로이 자작도 처음에는 우습고 만만하게 여겼지만 지금은 칼리스타 백작을 누구보다도 높이 평가했다.

"앵거스, 지금 당장 정보 길드를 통해 체노위스 가문과 칼리스타 백작과의 거래에 대해 알아보아라. 왠지 예감이 좋지 않아."

"예감이 안 좋다니? 자네 그게 무슨 말인가?"

하이든 자작이 불안한 눈빛으로 콘로이 자작을 바라봤다.

"어서 말해 보게. 자네의 예감은 보통 잘 맞는 편이지 않나."

모란 남작도 불안한지 엉덩이를 들썩이며 재촉했다.

콘로이 자작은 뭔가를 생각하는 듯 잠시 쉬었다가 말을 이었다.

"내 생각에 칼리스타 백작은 분명 체노위스 가와 어떤 조약을 맺었을 것이네. 빌려준 금액이 워낙 컸으니 한 해 수확량의 얼마를 떼어 달라고 했을 수도 있겠지."

"설마……."

"중요한 건, 만약 칼리스타 백작이 독점권을 요구했다면 지금처럼 낮은 가격에 곡물을 판다고 해도 어마어마한 수익을 올린다는 거네. 덤으로 백성들의 신망 또한 얻을 것이고."

다음 달이면 칼리스타 백작은 공식적으로 황제의 처남이 된다. 두 공작의 위세에 눌려 허울뿐인 황제라지만 그래도 그 이름이 갖는 힘 자체는 그리 만만히 볼 게 아니다.

황제라는 배경에 대단한 재력, 거기에 백성들의 신망까지.

커도 너무 크게 된다.

아직 적이 될지 아군이 될지 모르는 자라지만, 적이든 아군이든 일단 세력이 커진다는 건 그들에게 좋을 게 없다.

"앵거스, 서둘러라. 나는 공작 전하를 뵈러 가야겠다."

콘로이 자작이 심각한 얼굴로 자리에서 일어났다.

* * *

보름이 지났다.

칼리스타 상단의 창설 소식은 이제 황도 시민이라면 누구나가 아는 얘깃거리였다.

황도로부터 시작된 구휼미 지급은 점차 제국 전역으로 확산되고 있었고, 그럴수록 레지나를 찬양하는 백성들의 수 또한 늘어났다.

이제 더 이상 황실을 원망하는 자는 없었다. 레지나는 황실의 보배로 떠올랐다.

구휼미가 빈민들의 환심을 사는 데에 큰 몫을 했다면, 민심을 얻게 한 것은 리안의 낮은 곡물가 정책이었다.

다시 곡물가가 오를 것을 걱정하여 연일 가게를 찾던 백성들이 지금은 칼리스타 상단을 믿고 조금씩 여유를 찾고 있었다.

불안한 모습도 점차 사그라졌다.

칼리스타 상단의 인기는 날로 치솟아 올랐다.

분노하는 것은 오로지 귀족과 돈 많은 상인들이었다. 재산을 불릴 절호의 기회를 리안으로 인해 놓치게 되었으니 그 속이 오죽할까.

하지만 대놓고 불만을 표출할 수는 없었다.

이제껏 리안 정도의 구휼미를 내린 귀족은 손에 꼽을뿐더러, 누가 뭐래도 제국의 경제를 안정시키는 데 크게 기여한 것은 사실이기 때문이다.

유일하게 항의할 만한 것이라면, 무려 수확량의 50퍼센트나 되는 물량의 독점권을 한 개인에 불과한 리안에게 내어준 체노위스 가문의 처사였다.

그러나 그것도 체노위스 백작의 한마디로 인해 다들 입을 다물 수밖에 없었다.

> "빚 독촉에 시달리는 우리 가문을 살린 자요. 당신들 모두가 모른 척 등을 돌렸을 때, 칼리스타 백작만이 손을 건넸소. 50퍼센트가 아니라 전부를 달라고 했어도 주었을 것이오!"

이렇다 보니 아쉬운 건 귀족과 상단들이었다. 당장 먹을 것부터 걱정해야 하는 사태가 온 것이다.

리안이 수확량의 반을 가져갔으니, 체노위스 가만 믿고 있던 사람들에겐 날벼락이나 다름없었다. 남은 곡식을 차지하기 위한 소리 없는 전쟁이 시작되었다.

황실에 올리는 세금을 포함해서 체노위스 가문이 자체적으로 소비하는 양만 하더라도 20퍼센트는 될 것이다. 남은 30퍼센트를 얻기 위해 귀족과 상단이 몰려들었다.

하지만 수요가 많은 것에 비해 양은 한정되어 있다. 체노위스 백작은 고심 끝에 10년 이상을 거래해 온 자들에게 우선권을 주기로 했다.

거래를 트지 못한 자들의 거센 항의가 빗발쳤지만, 그들도 어쩔 수 없음을 이미 알고 있었다.

그들이 다음으로 찾은 것은 리안이었다. 다들 비싼 가격에라도 살 의향이 있는 자들이었다.

하지만 리안은 그들 모두를 거부했다.

믿을 수가 없었기 때문이다.

리안이 곡물가를 마음대로 낮출 수 있었던 건 곡식을 그만큼 많이 보유하고 있어서다.

엄청난 물량인 만큼 이제 갓 출발한 칼리스타 상단에서 소화하기에는 무리가 따랐지만, 그렇다고 다른 상단에게 넘기자니 지금껏 한 것이 모두 헛수고가 될 수도 있었다.

그나마 철저한 준비 덕분인지 아직까지는 일이 순리대로 잘 풀리고 있었다.

다른 유통 경로를 통해 들여온 곡식을 몇몇 곡물 가게에서 비싼 가격에 내어놨지만, 아무도 사가는 사람이 없자 지금은 어쩔 수 없이 비슷한 가격에 판매하고 있었다.

"어젯밤, 타운젠드 공작과 맥카시 공작 저택에서 각각 귀족들의 회합이 있었습니다. 무슨 얘기가 오간지는 아직 정확하게 알 수 없지만 대충 예상할 수는 있습니다."

엘의 보고에 공감한다는 듯 리안과 라키아가 고개를 끄덕였다.

"무슨 얘긴데?"

반면 언제나 그렇듯 아사가 커다란 눈동자에 호기심을 담으며 엘에게 물었다.

둘은 바다향기를 함께 준비하면서 꽤 친한 사이로 발전했다. 묘인족이라는 아사의 신분과 신비한 외모는 엘에게 적지 않은 호감을 주었다.

그녀가 입가에 흔치 않은 미소를 띠며 아사를 바라봤다.

"음, 간단하게 말씀드리자면 지금까지 칼리스타 백작님은 단순히 재력으로만 평가되어 왔습니다. 칼리스타 뱅크 말고는 주목할 것이 없었지요."

"응, 그건 나도 알아."

"하지만 이제는 달라졌습니다. 엄청난 양의 구휼미를 풀어 빈민을 살리셨고, 곡물가를 바로잡아 백성들의 민심을 얻으셨습니다. 아직 보름밖에 되지 않았지만 백작님의 인기는 지금껏 어떤 귀족도 누려보지 못했을 정도로 대단합니다."

"리안은 원래부터 사람들이 좋아했는걸."

"네, 영지민들 사이에서 신망이 무척 두터우신 분이죠. 그

인기가 전국적으로 확대되었다고 보시면 됩니다."

"전국적으로?"

"민심이란 아주 무서운 것입니다. 귀족의 힘이 아무리 강하다한들 민심을 잃으면 오래가지 못합니다. 더욱이 칼리스타 백작님은 보름 후면 폐하의 처남이 되십니다. 황실과 인척 관계가 되는 것이지요."

엘은 잠시 호흡을 골랐다가 다시 말했다.

"그들은 두려운 겁니다. 칼리스타 백작님이 황제에게 어떤 힘이 되어줄지."

"그러니까 요약하자면 리안이 이제 진짜 무서운 상대가 되었단 말이지?"

"그런 셈이죠."

"리안, 그럼 몸을 사리는 건 이제 끝난 거야?"

아사는 전에 리안이 했던 말을 기억하고 있었다.

"글쎄……."

리안은 모호한 표정을 지으며 희미하게 웃었다. 이번 일은 그가 의도했다고 할 수도 없고, 그렇다고 의도하지 않았다고 할 수도 없었다.

흉년이 올 걸 미리 알고 체노위스 가와 계약한 것은 맞지만, 레지나가 황제와 결혼할 줄은 몰랐기 때문이다.

황후가 될 동생을 위해 구휼미에 보다 많은 힘을 쏟았고, 곡물가도 원래의 계획보다 한 단계 더 낮춰 잡았다.

이제는 리안도 정치적 인물로 분류되는 것을 피해갈 수 없는 상황이 된 것이다.

사실 황제를 돕기로 한 이상 확실한 인상을 심어줄 필요도 있었다.

두 공작에 비해 황제에게 절대적으로 부족한 것은 황제를 지지하는 귀족의 수였다. 힘을 키우려면 황제의 편에 서 줄 귀족부터 끌어모아야 했다.

그러기 위한 가장 좋은 방법이 바로 지금과 같은 수다.

자신의 힘을 과시하는 것.

리안이 힘을 드러내면 드러낼수록 귀족들은 자연스레 모이게 되어 있다. 특별히 먼저 다가서지 않아도 약자는 강자를 찾기 마련인 것이다.

"영주님, 손님이 오셨습니다."

엘이 다른 보고로 넘어가려 할 때였다. 노크소리와 함께 하인이 들어왔다.

리안은 그답지 않게 미간을 찡그렸다.

"당분간 손님을 맞지 않겠다고 했는데, 돌려보내지 않고 어찌 들였단 말이냐?"

"저, 그게 일행 중 한 분이 럼블리 백작님이라서……."

"럼블리 백작?"

주말마다 저택을 오가며 황제의 서찰을 전했기에 백작은 하인들에게도 익숙한 사람이었다. 레지나가 황제와 혼인을 하는 마당에 하인으로서 그의 방문을 거절하기란 힘들었을 것이다.
그런데 일행이라니?
리안은 고개를 갸웃했다. 황제와 함께 온 날을 빼고는 지금껏 백작은 매번 홀로 저택을 방문했기 때문이다.
'누구지?'
리안은 일단 손님들을 집무실로 모셔오라 명했다.
잠시 후, 다시 문이 열리고 하늘색 로브를 갖춰 입은 럼블리 백작이 들어섰다. 이어 웬 사내가 한 명 들어왔는데 처음 보는 자였다.
사오십 정도 되었을까?
중키에 어깨가 떡 벌어진 단단한 체격의 사내였다. 서글서글한 눈매와 살짝 미소 띤 얼굴이 첫인상부터 호감이 가는 상대였다.
"조엘 상단의 주인입니다."
엘이 리안의 귀에 대고 낮게 속삭였다.
'아.'
보고서에서 읽었던 내용이 생각났다. 아홉 살 때부터 장사를 시작했다는 협상의 귀재, 조엘.
항상 웃고 있는 탓에 미소 천사라고도 불리는 그는 불가능한 거래는 없다는 게 신조였다. 십대 상단 중 처음으로 동방의 물건을 들여오기도 한 그는 보이는 것과는 달리 실제 육십이 다 되어가는 나이였다.

"아하하하! 칼리스타 백작님, 오랜만입니다!"

럼블리 백작은 리안을 보자마자 불편함이 역력한 얼굴로 어색한 웃음을 남발했다.

리안은 능히 그 이유가 짐작이 갔다.

조엘이란 자는 평소 럼블리 백작과 리안이 친분이 있다는 것을 알고 있었을 것이다.

리안이 아무도 만나주지 않는다는 사실 또한 들었을 터. 인맥을 이용한 접근 방법이었다.

럼블리 백작과 그의 사이가 어떤 관계인지는 몰라도 리안은 일단 그의 재치에 박수를 쳐주었다.

"럼블리 백작님도 그간 잘 지내셨습니까?"

리안은 두 사람을 자리로 안내했다. 덕분에 라키아와 아사가 반대편에 있던 엘의 옆으로 옮겨 앉았다.

'응?'

그런데 조엘의 시선이 조금 이상했다. 집무실을 훑던 그의 눈길이 어느 순간 못 박힌 듯 줄곧 아사만을 바라보는 것이다.

쉽게 볼 수 없는 외모이니 그럴 수도 있겠다 싶지만, 어쩐지 리안은 그 눈빛에서 다른 것을 느꼈다.

그 시선이 재밌었는지 아사가 입매를 올리며 조엘을 마주봤다. 반면 리안처럼 라키아도 무언가를 느낀 것인지 조엘을 향해 눈을 가늘게 떴다.

"여기 이분은 조엘 상단의 주인인 조엘이라는 분입니다. 칼리스타 백작님을 꼭 좀 만나게 해달라고 하기에 제가 예전에 신세진 것도 있고 해서 차마 거절하지 못하고 데려왔습니다. 불쾌하셨다면 사과드립니다."

럼블리 백작은 처음부터 사실대로 고했다. 그제야 아사에게서 시선을 떼며 조엘이 인사했다.

"조엘 상단을 이끌고 있는 조엘이라고 합니다. 칼리스타 백작님을 꼭 좀 뵙고 싶어 제가 억지를 부린 것이니 사과는 제가 드리겠습니다."

"괜찮으니 편히 말씀하세요."

"제가 왜 찾아왔는지는 칼리스타 백작님께서 더 잘 아시리라 봅니다. 작금에……."

"그 얘기라면 제 대답 또한 이미 알고 있을 거라고 생각하는데요."

리안은 괜한 힘을 빼고 싶지 않아 단호한 어투로 그의 말을 잘랐다. 그러자 조엘이 예의 그 미소를 짓더니 진지하게 다시 말을 이었다.

"물론입니다. 칼리스타 백작님께서 무엇을 걱정하시는지도 잘 알고 있습니다. 제게 물량을 내어주신다면 저 또한 백작님과 같은 가격으로 곡물 가게에 넘길 것을 약속드립니다."

리안에게 왔던 모든 자들이 그렇게 말을 했다. 하지만 믿을 만한 근거와 신뢰가 없었기에 전부 거절할 수밖에 없었다.

"죄송하지만……."

이번에 말을 자른 것은 조엘이었다. 그가 리안과 눈빛을 맞추며 진지하게 말했다.

"당연히 믿지 못하시겠지요. 지금과 같은 일에는 서로 간의 신뢰가 밑바탕이 되어야 하는데, 백작님과 전 거래를 한 적이 없으니까요."

"……."

"계약서를 작성하겠습니다. 그리고 보증금을 내지요."

"보증금이라니요?"

"주거래 뱅크를 칼리스타 뱅크로 옮기겠습니다. 저를 믿어 달라는 담보로 그곳에 예치금을 넣겠다는 말씀입니다."

리안은 내색하지 않았지만 속으로 꽤 놀라는 중이었다. 조엘 상단이라면 십대 상단 중에서도 상위에 속하는 상단이다.

칼리스타 뱅크와 거래를 하고 있는 소규모 상단은 많으나, 십대 상단은 단 두 곳뿐이었다.

그가 알기로 조엘 상단은 설리번 뱅크를 주거래 뱅크로 삼고 있었다.

조엘 상단이 리안에게로 넘어온다면, 칼리스타 뱅크를 주거래 뱅크로 삼는 십대 상단은 셋이 되고, 설리번은 다섯에서 넷으로 줄어든다.

구미가 당기는 제안이었다.

"오십여 년을 상인으로 살면서 약속은 반드시 지키며 살아왔습니다. 설령 손해를 볼지언정 약속을 어긴 적은 지금까지

단 한 번도 없습니다. 그 약속 하나로…… 묘인족과의 거래도 튼 저입니다."

묘인족을 거론하는 부분에서 조엘의 의미심장한 눈길이 다시금 아사에게로 향했다.

"묘인족?"

그것은 당연히 럼블리 백작의 관심을 끌기에 충분했다. 백작이 자신의 커다란 눈을 반짝거리며 아사를 살폈고, 라키아와 엘이 무표정하지만 차가운 눈길로 조엘을 주시했다.

기분이 상한 걸까?

아사도 이상함을 느꼈는지 어울리지 않는 인상을 쓰며 조엘을 아래위로 훑었다.

조엘.

리안은 머릿속에 담아두었던 엘의 보고서를 떠올렸다. 짤막했지만 엘은 조엘을 상당히 괜찮은 상인으로 묘사하고 있었다.

그래, 본 기억이 난다.

인간에게는 불모지나 다름없던 묘인족의 땅을 찾아가 최초로 거래를 튼 상인.

협상의 귀재란 별명은 그때부터 그를 따라다녔다.

아사를 그때 보았을까?

"……!"

갑자기 조엘이 일어서더니 아사의 앞에 정중히 고개를 숙이며 무릎을 꿇었다.
“뒤늦은 인사를 용서하십시오. 이제야 알아보았습니다.”
“……나를 알아?”
“먼발치에서 뵌 적이 있습니다. 샤하의 아드님을 이곳에서 뵐 줄은 몰랐습니다.”
“샤하?”
라키아가 그게 뭐냐는 듯 리안을 돌아봤다. 리안이 고개를 젓자 엘이 리안에게로 다시 몸을 기울였다. 그녀는 놀란 기색이 역력했다.
“묘인족의 왕을 부르는 말입니다.”
“왕……?”
그럼 아사가 왕자라는 소리?
리안과 라키아의 고개가 거칠게 꺾였다. 처음 듣는 얘기였기 때문이다.
아사를 대하는 류지의 태도를 보고 평범한 신분은 아닐 거라고 짐작은 했지만, 왕의 아들일 거라곤 전혀 생각하지 못했다.
“…….”
아사를 보는 리안의 눈빛이 어느 때보다 심각해졌다. 아사를 처음 발견했을 당시의 기억이 떠오른 탓이다.
녀석은 멀쩡한 곳이 하나도 없을 만큼 온몸을 난자당한 채 의식을 잃고 쓰러져 있었다.

이전부터 묻고 싶었지만 아픈 상처를 건드리게 될까 봐 차마 물을 수가 없었던 질문이 지금 목구멍에서 꿈틀거렸다.

아사, 너에게 무슨 일이 있었던 거니?

대체 무엇 때문에 샤하의 아들이란 네가 차가운 산맥에서 홀로 죽어가고 있었던 거니?

하지만 오늘도 물을 수가 없었다.

그러면서 화가 났다.

아무것도 모르지만 아사를 그렇게 만든 누군가에게 리안은 이제껏 느껴보지 못한 큰 분노를 느꼈다.

자신이 아니었더라면, 그때 자신이 산맥에서 아사를 발견하지 못했더라면 분명 아사는 죽었을 것이다.

"……그랬군."

아사는 자신을 알아본 조엘을 잠시 씁쓸한 표정으로 쳐다봤다.

조엘의 입에서 샤하라는 말이 나온 순간 리안은 보았다. 아사의 눈에 맺힌 슬픈 빛을.

'아사…….'

"묘인족이었습니까?"

그때 눈치 없게도 럼블리 백작이 손바닥으로 무릎을 내려치며 큰 목소리로 물었다. 눈빛에 호기심이 가득한 게 살면서 묘인족을 보는 것이 처음인 게 분명했다.

"오오, 이제 나에게도 행운이 오려는 징조인 것인가!"

아무도 대답해 준 사람은 없지만 백작은 혼자 이해한 듯했다. 연방 감탄사를 내뱉으며 자신의 행운을 기뻐했다.

그 때문일까.

결국 아사가 귀찮다는 듯 일어섰다.

"날 알아보는 인간이 있을 줄은 미처 몰랐네. 리안, 나 먼저 나가 볼게. 이따가 봐."

마치 머릿속에 떠오른 어떤 기억을 지워 버리기라도 하려는 듯 아사가 머리를 세차게 흔들었다. 그러자 녀석의 긴 금발머리가 찰랑거리며 사람들의 시선을 분산시켰다.

아사의 퇴장으로 집무실 안은 잠시 소강상태가 되었다. 럼블리 백작과 조엘이 아쉬운 눈빛으로 아사가 나간 문을 쳐다보았지만, 그 문이 다시 열릴 일은 없었다.

중요한 자리인 만큼 이야기는 다시 본론으로 들어갔다. 라키아는 여전히 아사에 대한 생각으로 복잡한 듯했지만, 리안은 일단 눈앞의 상대를 해결해야 했다.

사실 이미 결정은 난 것이나 마찬가지였다.

"좋습니다. 솔직히 말씀드리자면 현재 칼리스타 상단만으로 소화하기에는 벅찬 양이었습니다. 조엘 님에 대해서는 저도 들은 바가 있으니 믿고 계약하기로 하지요."

"감사합니다. 이렇게 일찍 답을 받을 거라곤 생각하지 못했는데, 판단이 빠르시군요."

"거절하기 어려운 제안을 갖고 오신 건 조엘 님이십니다.

앞으로 잘 부탁드립니다."

"오늘의 결정 후회하지 않으실 겁니다."

"그러길 바라야죠. 참고로 계약이 성사되었다 하더라도 처음부터 많은 물량을 드릴 수는 없습니다. 저도 나름대로 판단하고 재야 할 것이 있으니 차츰 늘려가도록 하지요."

"당연한 말씀이십니다. 만일 일에 차질이 생겼을 시, 그에 따른 잘못이 저희 상단에 있다면 언제라도 책임을 지고 물러나도록 하겠습니다. 그 점에 대해선 걱정하지 마십시오."

십대 상단의 수장답게 조엘은 망설임 없이 당당히 대답했다. 거부할 수 없는 조건을 내걸었기에 계약이 성사될 거라고 예상은 했지만, 생각했던 것보다 빠르고 명확한 리안의 일처리 방식에 그는 내심 놀라는 중이었다.

"계약서는 내일 뱅크에서 작성하기로 하지요. 자세한 얘기는 그때 다시 나눴으면 합니다."

명백한 축객령이었다. 조금 더 시간을 보내며 칼리스타 백작에 대해 알아보고 싶은 마음이 컸지만, 조엘은 내일을 기약하기로 했다.

오늘의 성과는 장차 조엘 상단이 나아가는 데 큰 역할을 할 것이 분명했다.

제7화
성혼

"잠은 잘 잤니?"

오웬의 물음에 레지나는 작게 한숨을 쉬며 고개를 가로저었다. 그녀의 작고 예쁜 얼굴에는 아침부터 긴장된 기색이 역력했다.

그도 그럴 것이 지금이 저택에서 보내는 그녀의 마지막 시간이었다.

오늘 낮, 정확히는 정오에 레지나는 공식적으로 로젠바움 제국의 황후가 된다.

황제의 부인, 이 나라 제일의 여인이 되는 것이다.

"그래, 떨리겠지."

오웬이 마주잡고 있던 손을 놓으며 레지나의 볼을 조심스럽게 쓰다듬었다. 딸을 보는 그녀의 눈빛은 진지하면서도 한없이 아쉬움을 담고 있었다.

"엄마……."

오웬은 레지나가 무슨 말을 하려는지 말하지 않아도 충분히 알 수 있었다.

자신도 그러했다. 결혼식을 앞둔 신부가 얼마나 불안한지는 해보지 않은 사람은 모른다.

더욱이 레지나는 무려 황제와의 결혼이었다.

"응, 그래."

오웬은 조금이나마 딸의 불안함을 덜어주기 위해 미소를 지으려 애썼다.

똑똑.

그녀의 손이 다시금 딸의 볼을 어루만질 때 노크 소리가 들렸다.

"레지나, 나야."

음성의 주인공은 리안이었다. 오웬이 딸과의 마지막 시간을 보내고 싶어했듯, 리안도 동생과의 시간이 필요해서 온 것이리라.

곧 문이 열리고 리안이 들어왔다.

"어머니도 계셨네요."

어쩐지 아래층에서 안 보이신다 했다. 모녀를 발견한 리안의 얼굴에 반가운 미소가 떠올랐다.
“이제 일어났니?”
“조금 전에요. 레지나, 오늘 기분은 어때?”
리안은 의자를 가져와 모녀가 앉아 있는 침대 앞에 내려놓고 앉으며 물었다.
“그냥, 뭐…… 괜찮아.”
괜한 걱정을 시키고 싶지 않아 그렇게 말했지만, 리안이 동생의 기분을 모를 만큼 눈치가 없지는 않았다.
“근데 무슨 일이야?”
“줄 게 있어서.”
“나한테?”
“응, 시집가는 동생에게 주는 오빠의 마지막 선물이라고나 할까?”
리안은 일부러 장난스러운 어조로 말하며 어깨를 으쓱였다.
“무슨 선물인지 이 엄마도 궁금하다만 왠지 자리를 피해줘야 할 것 같구나.”
“아니에요, 어머니. 계셔도 상관없어요.”
리안이 붙잡았지만 오웬은 고개를 저으며 몸을 일으켰다.
“나중에 얘기해 주렴. 이따가 보자, 레지나.”
레지나의 손을 한 번 더 꼭 잡아준 뒤 오웬이 조용히 방을 빠져나갔다.
“안 그러셔도 되는데…….”

"엄마한테 잘해드려, 오빠."

문이 닫히고 리안이 가져온 것을 주머니에서 꺼내려는 찰나, 레지나가 불쑥 말했다.

리안이 고개를 들어 바라보자 그녀가 미안하다는 듯 소리 없는 미소를 지었다.

"이제 나도 없으니깐 전보다 쓸쓸하실 거야. 물론 지금도 오빠는 잘하고 있지만 신경을 좀 더 써달라는 소리야. 기분 나빴다면 미안."

"그런 사과라면 받을 필요 없어. 당연히 내가 더 잘해야 한다고 생각하고 있으니까. 하지만 네가 없다는 건 말이 안 돼. 넌 시집을 가는 거지, 어디 떠나는 게 아니잖아?"

"그래도 자주 볼 수는 없잖아."

"당연히 매일 볼 수는 없겠지. 하지만 어머니가 널 보고 싶다고 하시면 난 언제라도 모시고 갈 거야. 너도 어머니가 보고 싶으면 언제든지 연락해. 네가 궁 밖으로 함부로 나올 수는 없어도 우리가 갈 수는 있으니까."

"정말 와 줄 거야?"

"그럼."

"그게 언제든, 내가 보고 싶다고 할 때마다?"

"응, 반드시 그렇게 할게."

항상 어른스럽기만 하던 동생이 지금은 마치 어린아이처럼 묻고 있었다. 꼭 확답을 받아야만 안심하는 모습이 귀여운 한편 리안은 안쓰러웠다. 그만큼 심적으로 부담감이 크다는 것일 테니까.
늘 뭐든 혼자 알아서 하던 동생이기에 많이 챙겨주지 못한 것이 리안은 못내 미안했다.
"자, 이제 줘."
리안과의 대화에서 힘이 좀 난 것일까?
레지나가 눈을 크게 뜨더니 허리를 펴며 리안에게 손을 내밀었다.
리안은 웃으며 다시 주머니로 손을 가져가 무언가를 꺼냈다.
"짠! 어때?"
"……목걸이?"
어떤 선물일지 짐작한 건 아니지만 목걸이는 정말 의외였다. 리안에게서 목걸이를 건네받은 레지나의 눈이 휘둥그레졌다.
"예쁘다……."
손바닥에 목걸이를 올려놓고 레지나가 감격에 찬 음성으로 중얼거렸다.
평소 심플한 디자인을 좋아하는 그녀에게 딱 어울리는 목걸이였다. 체인 형식의 줄도 마음에 들지만, 메달의 중앙에 박혀 있는 검은 보석이 그녀의 눈을 사로잡았다.
"오빠, 이게 무슨 보석이지?"

물어볼 줄 알았다. 리안이 잠시 뜸을 들였다가 대답했다.

"다이아몬드."

"다이아몬드?"

레지나가 고개를 갸웃했다. 마치 '이런 색의 다이아몬드도 있었나?' 하는 얼굴이었다.

"응, 레드 다이아몬드야."

"아!"

장신구를 즐겨하긴 하지만 보석의 세세한 이름까지는 특별히 관심을 가지는 편은 아니었다. 하지만 레드 다이아몬드가 무엇인지는 레지나도 들어서 알고 있었다.

"이렇게 생긴 거구나."

과연 듣던 대로 이름과 달리 다이아몬드의 색이 거의 검은빛에 가까웠다.

자세히 보아야만 붉은 빛깔이 느껴질 정도로 이름과는 어울리지 않는 보석이었다.

"근데 이거 비싼 건 둘째 치고 구하기가 무척 어렵다고 하던데……."

레지나는 그제야 가장 중요한 것을 떠올렸다. 요즘 오빠가 아무리 잘 나간다고는 하지만 이런 귀중한 것을 받고나니 조금은 얼떨떨했다.

그런 동생의 마음을 아는지 모르는지 리안이 싱긋 웃으며 말했다.

"레드 다이아몬드가 구하기 어렵긴 하지. 하지만 네 손에 있는 그 목걸이 같은 건 다시는 구할 수 없을 거야."

"……?"

"아티팩트거든. 그게 뭔지는 알지?"

당연히 알고 있다. 아티팩트란 레지나에게 있어서 기적을 만들어 준 물건이었다.

이름이 봄날의 오후라고 했던가?

지금도 어머니의 손에 끼워져 있는 반지, 그것도 아티팩트였다.

그 반지로 인해 걷지도 못하셨던 어머니가 지금처럼 건강해지셨고 웃음도 찾으셨다.

"이것도 아티팩트라고? 봄날의 오후처럼?"

"응, 목걸이의 이름은 그림자의 춤이야."

"그림자의 춤?"

다이아몬드의 색 때문에 붙여진 이름일까?

그림자의 춤이라니, 왠지 목걸이와는 다소 어울리지 않는 느낌이었다.

그런 동생의 생각을 알아챈 듯 리안이 설명했다.

"그건 봄날의 오후와는 조금 달라. 아티팩트로 사용하기 위해선 조작법이 필요해."

리안은 의자에서 일어나 레지나의 손에 들린 목걸이를 받아 자신의 목에 걸었다.

"잘 봐. 이걸 이렇게 돌리는 거야."

딸깍, 하는 소리와 함께 레드 다이아몬드가 옆으로 돌아갔다. 그리고 그 속에서 기다렸다는 듯 붉은빛과 연기가 조금씩 밖으로 새어 나왔다.

"어?"

붉은 연기가 리안의 몸을 서서히 감싸 안았다. 그럴수록 레지나의 눈에서 리안의 모습이 점점 사라져 갔다.

그 놀라운 광경에 레지나는 할 말을 잃고 입만 벙긋거렸다.

"오빠……?"

이윽고 리안의 몸이 시야에서 완전히 사라졌을 때, 레지나는 멍한 얼굴로 자리에서 일어나 앞으로 손을 뻗었다. 리안이 있던 자리였다.

하지만 아무것도 느껴지지 않았다.

"오빠!"

레지나가 깜짝 놀라 리안을 찾았다. 그러자 바로 옆에서 쿡쿡거리며 리안이 나타났다. 그새 목걸이의 다이아몬드는 원래의 상태로 돌아가 있었다.

"이제 왜 이름이 그림자의 춤인지 알겠지? 이 목걸이를 작동시키면 아무도 널 발견하지 못해. 네가 내는 소리 또한 차단되고 심지어 발자국조차 남지 않아."

"발자국도?"

"응, 흙바닥을 걷든 저런 침대 위를 걷든 아무런 표시도 나지 않아. 그게 이 아티팩트의 최고 장점이지."
리안은 목걸이를 풀어 다시 동생에게 건넸다.
"혹시 오빠가 만든 거야?"
놀람이 채 가시지 않은 듯 레지나가 떨리는 음성으로 물었다.
"아니, 내 실력으로는 아직 무리야."
"그래?"
왠지 오빠가 만든 게 아니라니 레지나는 조금 아쉬운 마음이 들었다.
이왕이면 오빠가 직접 만든 것을 차고 싶다는 욕심이 불쑥 생겼다.
"그런데 갑자기 이건 왜 주는 거야?"
"아까 말했잖아. 오빠로서의 마지막 선물이라고."
"정말 그게 다야?"
"……."
"괜찮으니까 말해."
황실로 시집을 가는 자신에게 몸을 숨길 수 있는 아티팩트를 준다는 건 분명 이유가 있어서였다.
무엇이 오빠를 걱정하게 만든 것일까?
레지나는 두 손을 무릎 위에 올리고 얌전히 리안을 응시했다.
장난스럽게 넘기려던 리안은 결국 사실대로 고백했다.

"사실 선물을 주면서도 나는 레지나 네가 이걸 사용하는 일이 없길 바라는 마음이야. 하지만 사람 일이라는 건 모르니까."

"내가 위험할까 봐?"

"그래, 역사적으로 봐도 황실이란 건 가장 안전하면서도 위태로운 곳이야. 그래선 안 되겠지만, 만약 무슨 일이 생긴다면 레지나, 그걸 꼭 잊지 마. 그게 널 지켜줄 거야. 알겠지?"

"……응."

리안의 진심이 전해졌을까. 레지나가 손에 든 목걸이를 꼭 쥐며 고개를 끄덕였다.

만약을 위한 선물이지만, 목걸이를 사용하게 될 날이 오지 않기를 리안과 레지나 모두 기도했다.

*　　　*　　　*

뎅— 뎅— 뎅— 뎅—

황궁 전체에 열한 번의 종소리가 울려 퍼졌다. 황제의 결혼이 한 시간 앞으로 다가온 것이다.

결혼식은 대대로 황제의 대관식이 열리는 크리스탈 홀에서 이루어질 예정이었다.

경사적인 날임을 기념하여 오늘만큼은 특별히 일반 백성들에게도 입궁할 수 있는 기회를 주었다.

단, 안전을 위해 인원수를 제한했고 갈 수 있는 곳도 몇 군데로 한정시켰다.

세기의 결혼식답게 제국을 찾은 각국의 사신들도 그 수가 만만치 않았다. 중앙 귀족들은 물론이고 지방의 귀족들까지 참석하는 통에 황궁은 당연하고, 황도 자체가 무수히 많은 사람들로 북적거렸다.

흉년임에도 불구하고 전국이 축제 분위기였다. 황실과 귀족들이 대량의 구휼미를 풀었으며, 인심 좋은 식당과 술집에서는 음식이 무료로 제공되었다.

칼리스타 뱅크에서도 레지나의 결혼을 축하하는 의미에서 특별한 이벤트를 준비했다.

뱅크에서 하는 모든 일처리에는 정해진 수수료라는 것이 있는데, 그것을 결혼식이 시작되는 정오부터 피로연이 끝나는 사흘 뒤까지 모두 면제하는 이벤트였다.

아직 시작은 안 되었지만 벌써부터 고객들의 열렬한 호응이 끊이지 않고 있었다.

"칼리스타 백작님!"

리안은 자신을 부르는 소리에 와인잔을 든 채 돌아섰다. 그를 부른 것은 얼마 전 남성복 사업까지 대박을 터뜨린 보웬 남작이었다.

"여기에 계셨습니까? 한참을 찾았습니다!"

마치 오늘이 자신의 결혼식이라도 된 듯 보웬 남작의 옷차림은 화려하기 그지없었다. 금박과 은박을 과도하게 사용한 예복은 쳐다보기가 눈부실 정도였다.

아직 식은 거행되지 않았지만 홀에는 이미 많은 하객들이 흥겨운 음악 속에 축제를 즐기듯 이야기꽃을 피우고 있었다.

리안의 주변에도 럼블리 백작을 포함하여 체노위스 백작과 듀란 등 평소 친분이 있는 귀족들이 몰려들어 레지나의 결혼을 축하해 주고 있었다.

"보웬 남작님, 어서 오세요."

지난달에 리안과의 채무 관계가 끝났지만 보웬 남작은 여전히 리안의 조언을 듣기 위해 종종 찾아오곤 했다.

그가 환하게 웃으며 리안의 옆으로 거의 뛰다시피 걸어왔다.

'응?'

그런데 어쩐 일인지 혼자가 아니었다. 조금은 특이한 복장을 한 웬 사내가 그와 함께 있었다.

그 사내 때문일까.

럼블리 백작을 비롯한 모든 귀족들이 갑자기 예를 갖추며 그에게 인사했다. 리안도 덩달아 이유도 모른 채 사내를 향해 고개를 숙였다.

보웬 남작이 귀족들에게 재빠른 눈인사를 건넨 후 사내를 소개했다.

"아시는 분은 이미 아시겠지만, 가르시아 왕국의 사신단 대표로 오신 칼라일 왕자님이십니다. 영광스럽게도 제가 칼라일 왕자님의 이번 방문에 안내를 맡게 되었지 뭡니까. 하하하! 칼라일 왕자님, 이분이 바로 칼리스타 백작님이십니다."

장소가 어디든 누가 있든 보웬 남작의 수다는 알아줘야 했다. 자신을 소개하는 남작의 말에 리안은 칼라일 왕자에게 다시금 정중하게 인사했다.

그가 왜 자신을 찾은 것인지는 알 수 없지만, 일국의 왕자인 그에게 제국의 귀족으로서 합당한 예우를 하는 것이 당연했다.

더욱이 리안의 기억이 맞는다면 그는 결코 만만히 볼 상대가 아니었다.

칼라일 왕자로 말할 것 같으면, 그는 가르시아 왕국의 제1왕자이자, 아홉 명의 건장한 동생들이 있음에도 귀족들의 절대적인 지지 속에 조금도 흔들림 없이 왕위 계승 서열 1위 자리를 굳건히 지키고 있었다.

그가 있는 한 동생들 그 누구도 감히 형의 자리를 넘보지 않을 거라는 게 그 나라 모든 백성들의 생각이라나.

그래서일까?

남자치고 작은 키인데도 그에게서 어떤 힘이 느껴졌다.

당당함, 자신감, 오만함, 무엇이든 맞서 싸우겠다는 강인함 등 아직 목소리조차 듣지 못한 것에 비해 꽤 강렬한 첫인상의 소유자였다.

"우리 왕국에까지 소문이 자자한 분이시라 제가 보웬 남작께 부탁을 했습니다. 이렇게 만나게 되어 반갑군요."

강한 인상만큼이나 칼라일 왕자의 음성은 굵고 낮았다. 그런 목소리로 서툰 제국말을 듣자니 가까이에서 자세히 듣지 않으면 알아듣기가 힘들었다.

가르시아 왕국은 한 번도 제국의 속국이 된 적이 없기 때문에 대부분의 국민들이 제국말을 모를 뿐더러, 독자적으로 살아온 탓에 독특한 언어를 구사하는 것이 특징이었다.

배우기가 무척 어렵고 까다로워 제국에서도 가르시아 말을 할 수 있는 이들이 드물다고 들었다.

그런 점에서 리안은 행운이라고 할 수 있었다. 아니, 세이프리드에게 감사해야 한다고나 할까?

세이프리드의 표현을 빌리자면 용언마법과 함께 잡다한 지식 몇 가지를 전수했다고 하는데, 그중 하나가 가르시아의 언어이기 때문이다.

리안은 가르시아어를 말하는 것은 물론이고 읽고 쓰는 것까지 자유자재로 구사할 수 있었다.

지금까지는 써먹을 기회가 없어 사용해 본 적은 없으나 그것이 리안에게 큰 장애가 되지는 못했다.

"저도 칼라일 왕자님을 직접 만나 뵙게 되어 영광입니다. 황제 폐하와 제 동생을 대신하여 결혼식에 참석하여 주신 것을 무척 감사드립니다. 어디 불편하신 점은 없으십니까?"

"우리나라 말을 할 줄 아는 것이오?"

리안의 입에서 갑작스레 가르시아어가 흘러나오자, 칼라일 왕자가 화들짝 놀라며 물었다. 주변에 있던 다른 귀족들도 리안의 외국어 실력에 깜짝 놀란 듯 눈을 크게 뜨며 저들끼리 수군거렸다.

그래도 가장 놀란 사람을 꼽으라면 칼라일 왕자와 함께 온 그의 측근들이었다.

아무리 완벽히 언어를 구사한다 해도 가르시아인이 아닌 이상 미묘한 발음의 차이는 있기 마련이었다.

하지만 방금 전 리안의 말에서는 그런 차이를 전혀 찾아볼 수가 없었다. 생김새만 아니라면 자국민이라고 착각할 수준이었다.

"조금 배웠습니다."

"조금 배운 정도가 아닌데요. 우리나라 말을 이처럼 완벽하게 구사하는 분은 저도 두 번째입니다. 대단하십니다."

리안의 겸손에 칼라일 왕자가 손사래를 치며 껄껄 웃었다. 타국에서 자국어에 능숙한 외국인을 보는 건 사람을 꽤 기분 좋게 만들곤 한다.

"과찬이십니다. 아마 여기서 더 길게 말을 하다 보면 곧 실력이 들통 날 겁니다."

"레베카 양도 그렇게 말씀하시더니, 칼리스타 백작님도 똑같은 말씀을 하시는군요."

"……?"

"스웨르겐 백작님의 따님이신 레베카 양 말입니다. 제가 칼리스타 백작님께 두 번째라고 하지 않았습니까. 첫 번째 분이 바로 레베카 양이십니다. 아, 저기 오시는군요!"

마치 짜여진 각본처럼 칼라일 왕자의 말이 끝나자마자 그녀가 등장했다. 한 번도 본 적은 없지만 리안은 레베카를 한눈에 알아봤다.

금빛 머리칼을 나부끼며 환한 미소와 함께 일행 앞으로 다가온 그녀에게서는 흔히 말하는 광채라는 게 보였다.

잡티 하나 없는 피부에 완벽한 이목구비, 몸매는 말할 것도 없으며, 무엇보다 가는 턱 선과 드러난 쇄골이 뭇 남성들의 시선을 사로잡았다.

그녀에게선 좋은 향기도 났다. 평소 향수 냄새를 별로 좋아하지 않는 리안에게도 전혀 거부감이 들지 않았다.

"칼라일 왕자님을 뵈옵니다."

레베카가 양손으로 드레스 자락을 쥐고 살짝 몸을 숙여 예를 올렸다. 그녀의 작은 그 동작에도 여기저기서 감탄의 목소리가 흘러나왔다.

사교계의 여왕이라고 하더니 동작 하나와 말투에서도 우아함과 기품이 느껴졌다.

"또 만났군요. 여전히 아름다우신 걸 보니 무사히 여행을 마치셨나 봅니다."

레베카를 보는 칼라일 왕자의 눈이 이전과는 다르게 빛이 났다. 장담하건대 그의 이번 방문이 결코 황제의 결혼 때문만은 아님을 리안은 확신했다.

"칼라일 왕자님 덕분에 국경을 잘 넘을 수 있었습니다. 그 일에 대해 다시 한 번 감사드려요."

"마땅히 해야 할 일을 했을 뿐입니다. 저야말로 레베카 양을 도울 수 있어서 영광이었습니다."

가르시아 왕국을 여행하고 돌아왔다고 하더니 칼라일 왕자의 도움을 받은 모양이었다. 이렇게 먼저 찾아온 이유도 그에 대한 답례인 듯했다.

"아니, 레베카 양! 이게 얼마만입니까!"

리안의 외국어 실력에 대해 귀족들과 떠들기 바쁘던 보웬 남작이 뒤늦게 레베카를 발견하고는 호들갑을 떨었다. 이미 익숙한 모습인 듯 그녀가 웃으며 남작에게 인사했다.

"보웬 남작님이시군요. 소식은 들었어요. 사업이 잘 되신다니 축하드립니다."

"하하, 감사합니다. 레베카 양도 언제 제가 하는 샵에 들러 주십시오. 취향에 딱 맞는 옷을 준비해 놓을 테니."

"제가 보웬 남작님의 안목을 믿어도 될까요?"

"후회하시지는 않을 겁니다. 하하하!"

남작이 웃자 레베카도 손으로 입을 가리며 따라 웃었다. 예의상 짓는 웃음이었지만, 어쩐지 그녀에게선 귀족 여인들의 흔한 가식이 느껴지지 않았다.

마치 노랫소리와도 같은 그녀의 웃음소리에 주위가 다 밝아졌다.

그런데 기분 탓일까?

아주 잠시지만 그런 그녀의 눈빛이 리안에게로 왔다가 사라졌다.

그것을 놓칠 보웬 남작이 아니었다. 그는 지금의 자리가 둘이 처음 대면하는 자리란 것도 알고 있었다.

"아! 그러고 보니 레베카 양께선 칼리스타 백작님과 안면이 없으시죠?"

남작의 말에 레베카의 시선이 자연스럽게 리안에게로 향했다. 그녀가 그렇다는 듯 고개를 끄덕였다.

"칼리스타 백작님, 이쪽은 레베카 폰 스웨르겐 양이십니다. 전에 제가 말씀드렸던……."

뒤의 말은 리안에게만 들릴 정도로 남작이 귀에다 대고 작게 속삭였다.

리안은 가볍게 고개를 숙이며 자신을 소개했다.

"말씀은 많이 들었습니다. 칼리스타 백작입니다."

"저도 마찬가지예요. 칼리스타 백작님을 이제서야 뵙네요."

처음 봤을 때만큼이나 화사한 미소로 그녀가 인사했다. 리안도 그에 질세라 환한 미소로 보답했다.

제국의 가장 막강한 선남선녀가 서로를 마주보며 미소를 짓자 그 반응은 가히 폭발적이었다.

자신도 모르게 감탄사를 내뱉는 자들이 있는가 하면, 장소도 잊은 채 요상한 신음소리를 터뜨리는 이들도 있었다.

뜻하지 않은 묘한 적막이 감돌기도 했다.

"하하하, 제국의 제일가는 미남 미녀가 한자리에 있으니 자리에서 빛이 다 납니다! 아무래도 우리 모두 흔치 않은 구경을 한 것 같군요."

체노위스 백작이었다. 호탕한 성격답게 그가 대소하며 모두의 정신을 깨웠다.

"체노위스 백작님의 말씀에 동감합니다. 칼리스타 백작님이나 레베카 양이나 워낙 바쁘신 분들이니 한자리에서 보기란 아주 어려운 일이지요. 아주 보기가 좋습니다!"

뭐가 재밌는지는 몰라도 럼블리 백작이 박수까지 치며 합세했다.

리안은 슬쩍 칼라일 왕자를 눈으로 살폈다. 의도한 것은 아니지만 그의 기분을 상하게 하고도 남을 충분한 상황이었기 때문이다.

마음에 둔 여인이 다른 남자와 함께 있는 모습이 보기 좋다는 소리를 면전에서 듣는다면 어떤 남자가 좋아하겠는가.

과연 표정이 그리 좋지만은 않았다.

하지만 일국의 왕자답게 자기감정을 숨기는 데는 재주가 있었다. 금세 속내를 숨기며 다른 이들처럼 즐거운 듯 웃음을 보였다.

"체노위스 백작님과 럼블리 백작님도 계셨군요. 그 웃음소리는 변함이 없으세요."

"많이 웃어야 오래 산다고 하더구나."

"여행은 잘 다녀왔어?"

체노위스 백작과 듀란 모두 편하게 말하는 것을 보니 평소 친분이 있는 모양이었다.

어느 파벌에도 속하지 않고 중립적인 위치를 지키는 체노위스 가문다운 모습이었다.

"응, 잘 다녀왔어. 그나저나 이번에도 백작님과 네게 신세를 졌네. 고마워."

신세라는 건 금번 곡식 파동 때 체노위스 가문이 그녀의 가문에게 보여준 우정이었다.

다른 때야 당연한 일이지만, 알다시피 이번에는 체노위스 가에서 확보한 양이 그리 많지 않았다.

다행히 레베카의 가문과는 10년 이상 거래를 해왔기에 도움을 줄 수 있었던 것이다.

"고맙긴. 공짜로 준 것도 아닌데."

"팔아준 것만도 우리에겐 고마운 일이잖아. 덕분에 구휼미도 넉넉히 풀 수 있었어. 너희 가문에게는 못 미치지만."

풍요의 땅을 가진 가문에 걸맞게 체노위스 가에선 이번에도 대량의 구휼미를 백성들에게 나누어 주었다. 레베카는 체노위스 가문의 그런 처사를 언제나 높이 평가했다.

"레베카, 칼리스타 백작님 앞에서 그런 말을 들으니 조금 창피하잖아."

"아, 그러고 보니……."

레베카의 시선이 다시 리안에게로 향했다.

리안은 고개를 저으며 말했다.

"양이 중요한 것은 아니라고 생각합니다. 돕는다는 것이 중요하죠. 있으면 있는 대로, 없으면 없는 대로 베푸는 것이라고 아버지께 배웠습니다."

"맞는 말씀입니다. 하지만 칼리스타 백작님은 누구보다 칭찬 받아 마땅하신 분입니다. 곡물 시장을 가보면 지금이 흉년인지조차 분간하기가 어렵습니다."

사실 듀란은 2년 전 리안이 독점권을 달라고 했을 때 그 목적이 돈을 벌기 위해서라고만 생각했었다. 그 많은 곡식을 순전히 곡물가를 바로잡는 데에 쓸 거라고는 상상도 하지 못한 것이다.

자신보다 나이는 어리지만 백성을 생각하는 리안의 마음에 듀란은 깊은 감동을 받았다.

"칼리스타 백작님의 공로는 저도 들었습니다. 대단한 일을 하셨더군요."

"할 수 있는 일을 한 것뿐입니다."

"할 수 있는 일인데도 하지 않는 사람이 많은 세상이니까요. 용기 있는 결정이었다고 생각합니다."

아름다운 외모만큼이나 지혜를 갖추고 있다더니 그녀는 몇 마디 말로 많은 뜻을 내비쳤다.

칼라일 왕자가 귀족들의 손에 이끌려 어디론가 가고 근처에 없길 망정이지, 자신을 바라보는 레베카의 시선이 리안은 왠지 부담스러웠다.

"황태후 마마 드십니다!"

그때 음악이 잠시 중단되며 누군가 황태후의 등장을 알렸다. 아들의 결혼식이기도 하지만, 오늘은 그녀가 병석에서 일어나 처음으로 갖는 공식적인 자리였다.

수년 만에 모습을 드러내는 황태후이기에 다들 숨을 죽인 채 한곳을 주시했다.

그녀의 첫인상은 의외로 여장부 같은 느낌이었다. 아담한 체구지만 강렬한 눈빛을 지녔고, 걸음걸이는 우아하면서도 당당했다.

귀족들과 눈을 맞추며 인자한 웃음으로 화답하는 모습이 그동안 병상에 누워 있던 게 맞는지 의심이 갈 정도로 그녀는 건강해 보였다.

마흔 살의 나이에도 곱고 아름다운 얼굴은 젊은 시절 그녀의 미모가 어땠을지 짐작할 수 있게 해주었다.

"타운젠드 공작 전하 드십니다!"

황태후가 채 자리도 잡기 전 기다렸다는 듯 타운젠드 공작이 홀로 들어섰다. 할아버지의 모습을 본 레베카의 얼굴에 반가운 기색이 떠올랐다.

타운젠드 공작을 한마디로 표현하자면 백발의 근엄한 노신사 같다고 할 수 있었다. 육십이 넘은 나이에도 빈틈이 전혀 없어 보이는 자태는 철혈재상이라는 별호에 딱 들어맞았다.

황제의 결혼식이라면 제국의 가장 큰 경사이건만 인사를 해오는 귀족들을 상대하는 그의 얼굴은 딱딱하기 그지없었다.

공작은 아들인 타운젠드 백작과 함께 식장을 찾았다. 먼저 와서 기다리고 있었던 듯 공작과 백작의 부인들이 환하게 웃으며 다가가는 것이 보였다.

"전 이만 가봐야 할 것 같군요. 황태후 마마께서도 오신 걸 보니 곧 식이 시작될 모양이에요."

"네, 다음에 또 뵙지요."

레베카의 인사에 리안도 고개를 끄덕이며 길을 비켜줬다.

"듀란, 피로연 때 봐."

"그래."

주변의 귀족들에게 양해를 구하며 레베카가 가족들이 있는 곳을 향해 걸어갔다. 리안이 바로 다른 곳으로 시선을 돌려 보지는 못했지만, 중간에 레베카가 잠시 걸음을 멈추고 리안을 돌아봤다.

그런 그녀의 아름다운 파란색 눈동자가 즐거운 듯 반짝 빛나고 있었다.

그렇게 얼마나 지났을까.

종일 흥겨운 음악만을 연주하던 악단의 소리가 바뀌고 홀의 중앙에 긴 레드 카펫이 깔렸다. 아무도 지시하지 않았지만 웅성거림이 잦아들고 분위기가 점차 경건하게 바뀌었다.

많은 귀부인들에게 둘러싸여 축하받기에 정신없던 오웬이 떨리는 마음을 애써 감추며 리안의 옆에 다가와 섰다.

리안은 그런 오웬에게 안도의 미소를 지어주며 한손으로 그녀의 손을 꼭 쥐었다. 따듯한 온기가 손으로 전해지며 오웬의 마음도 한결 가벼워지기 시작했다.

그때 웅장한 연주와 함께 드디어 식이 거행되었다. 어느새 단상 위에는 주례자가 서 있었고, 레드 카펫의 끝에서 한 쌍의 남녀가 조금씩 모습을 드러내고 있었다.

"레지나……."

리안은 자신도 모르게 동생의 이름을 중얼거렸다. 결혼식의 주인공답게 오늘 레지나의 모습은 특히나 아름다웠다.

하얀색 면사포와 웨딩드레스를 입고 황제의 팔짱을 낀 채 조심스럽게 한 걸음씩 나아가는 레지나를 보고 있자니 왠지 속에서 무언가가 울컥 올라왔다.

다행히 아침까지만 해도 떨려서 죽을 것 같다고 하던 것과는 달리 레지나는 제법 안정되어 보였다.

시선을 내린 채 황제가 이끄는 대로 걷고 있는 레지나는 정말이지 꽃처럼 어여뻤다.

"어머니."

오웬은 끝내 참고 있던 눈물을 터뜨렸다. 감격에 찬 듯 딸을 바라보는 그녀의 뺨 위로 눈물방울이 몇 가닥 흘러내렸다.

리안은 가지고 있던 손수건으로 손수 어머니의 눈물을 닦아 주었다.

말씀은 안 하시지만 돌아가신 아버지가 많이 생각나실 터였다.

함께 계셨다면 누구보다도 기뻐하셨을 분. 전대 영주님을 생각하니 리안도 가슴 한편에 안타까운 마음이 감돈다.

그 사이 황제와 레지나는 단상에 거의 다다라 있었다. 단상 근처에 자리를 잡고 있던 리안과 황제의 눈이 순간 마주쳤다.

"……."

찰나였지만 그 짧은 시간에 황제는 많은 말을 건넸다.

레지나와의 결혼을 허락해줘서 고맙다고, 그녀를 꼭 행복하게 해주겠다고, 마치 스스로에게 다짐을 하는 듯한 눈빛이었다.

리안은 고개를 숙이는 것으로써 황제에게 답했다.

아직 황제에 대해 모르는 점도 있을 테지만, 허튼 약속을 할 분이 아니란 걸 알기에 걱정은 되지 않았다.

황제를 가리켜 라키아는 동생과도 같은 분이시라고 말하곤 했다. 라키아 때문이라도 리안은 황제를 저버릴 수 없었다.

리안의 시선이 평민들이 자리하고 있는 홀의 이층으로 향했다. 지금까지는 리안과의 약속을 잘 지키며 황제 근처에는 얼씬도 하지 않은 라키아지만, 오늘은 예외였다.

황제의 혼인을 직접 보고 싶다는 라키아의 결정을 리안도 말릴 수가 없었던 것이다. 다만 혹시 모를 사태를 대비해 완전히 다른 사람으로 모습을 바꾸는 것으로 합의했다.

황제와 귀족들의 안전을 위해 철저한 신분 확인을 하는 탓에 새로운 사람이 될 수는 없었다.

그래서 생각해낸 방법이 칼리스타 뱅크에서 일하는 직원의 신분을 빌리기로 했다.

리안이 서 있는 맞은편 이층의 맨 뒤쪽에 익숙한 얼굴이 보였다. 지금쯤 바우시에서 바쁜 업무를 보고 있을 클로드였다.

'라키아.'

아무리 얼굴이 클로드가 되었다지만 라키아의 큰 키는 변함이 없었다.

가장 뒤쪽에 서 있음에도 불구하고 그의 표정이 또렷하게 보였다.

라키아의 시선은 줄곧 황제를 향해 있었다. 거의 5년 만에 보는 것이니 감회가 새로울 것이다.

얼마나 보고 싶고, 얼마나 그리웠을까.

황제의 결혼식을 보면서도 마냥 기뻐할 수만은 없는 라키아의 심정이 리안은 안타까웠다.

그런 리안의 심정을 눈치챈 것일까?

복잡한 시선으로 황제를 보고 있던 라키아의 고개가 잠시 리안에게로 향했다.

리안은 그런 라키아에게 남몰래 미소를 지으며 그만 눈길을 거뒀다.

많은 사람들이 있는 곳이다. 다들 황제와 레지나에게 집중하는 이때 자신만 딴 곳을 바라보고 있다면 관심을 끌 수 있었다.

'응?'

무심코 고개를 돌리던 리안은 이상함에 다시 시선을 반쯤 돌렸다.

'저자는……?'

오늘 처음 본 사람이지만 리안은 분명하게 기억하고 있었다. 남자치고 곱상한 얼굴을 한 사내, 그는 타운젠드 백작이었다.

백작은 리안처럼 다른 곳을 바라보고 있었다. 그 자체가 특이하기도 하지만, 더 이상한 건 그의 눈빛이었다.

뭐라고 단언할 수는 없지만 방금 전 라키아의 눈빛만큼이나 여러 가지의 감정을 담고 있었다.

누굴까?

리안은 타운젠드 백작의 시선을 따라 천천히 눈동자를 움직였다. 대관절 그가 무엇 때문에 그러한 눈빛을 짓는 것인지 갑자기 몹시 궁금해졌다.

"……?"

리안은 처음에 자신이 잘못 본 건 아닐까 싶었다. 상대가 너무 의외였기 때문이다.

하지만 재차 살펴봐도 결과는 똑같았다. 타운젠드 백작의 시선이 향한 곳에서 대상이라곤 하나였으니까.

그곳에선 황제의 어머니인 이벨라 황태후가 아들의 결혼을 기뻐하며 자애로운 미소를 짓고 있었다.

"리안, 손수건 좀 주겠니?"

리안의 정신을 깨운 건 오웬의 음성이었다. 리안은 시선을 거두며 어머니에게 손수건을 건넸다.

그때쯤 주례사가 끝나고 신랑과 신부가 하객들을 향해 돌아섰다.

황제는 세상을 다 가진 듯 환한 얼굴로 좌중을 둘러보는 반면, 레지나는 수줍게 미소 띤 얼굴로 근처를 살폈다.

그런 그녀의 눈이 오웬과 리안을 발견하고 이전보다 활짝 밝아졌다. 웃는 걸 보니 긴장이 이제야 조금씩 풀리는 듯했다.

사신단을 비롯한 여러 귀족과 평민들에게 결혼식에 참석해 주어 감사하다는 황제의 짤막한 연설을 끝으로 다시금 흥겨운 악단의 연주가 시작되었다.

황제가 사랑스럽다는 듯 레지나를 내려다보며 손을 내밀었다.

이제 레지나가 그 손을 잡고 레드 카펫을 걸어 나가면 본격적으로 피로연이 시작되는 것이다.

뜨거운 함성소리가 이층에서 쏟아져 나왔다. 황제와 황후 마마의 성혼을 축하한다는 비명 섞인 축언이 끊이지 않고 홀에 울려 퍼졌다.

리안도 박수를 치며 레드 카펫을 걷는 레지나의 뒷모습을 기쁜 얼굴로 쳐다봤다. 동생이 진심으로 행복하기를 리안은 바라고 또 바랐다.

제8화 세이프리드 아카데미

"우와, 정말 많이 변했다!"

감격스런 아사의 목소리가 마차의 실내를 울렸다. 누가 보면 리안의 영지를 처음 방문한 거라고 착각할 만한 수준이었다.

그 모습이 귀여웠던지 알만이 웃으며 말을 걸었다.

"류지 님과 종종 나가곤 하시더니 시내는 돌아보지 않으신 모양입니다."

"응, 류지와는 맨날 숲속으로만 다녔거든. 사실 사냥하기에도 시간이 부족했어."

"그러고 보니 류지가 요즘 안 보이네?"

아카데미의 완공을 기념하는 뜻에서 오랜만에 영지 시찰에 나선 리안은 그제야 허전한 이유를 눈치챘다. 평소 아사의 옆에 거머리처럼 붙어 있는 류지가 요 며칠 통 보이지 않았던 것이다.

"무슨 일이라도 있어?"

"일은 무슨 일. 잠시 어디 좀 갔겠지."

대답은 라키아에게서 들려왔다. 여태껏 마차 밖 풍경을 감상하며 말이 없던 그가 시큰둥한 얼굴로 지나가듯 뱉었다.

그러자 아사가 놀란 듯 돌아봤다.

"어? 알고 있었네."

"그러게. 라키, 류지 싫어하는 거 아니었어?"

"이게 싫고 좋고의 문제냐? 당연히 안 보이니깐 어디 좀 갔구나 싶은 거지."

"난 지금 알았는걸."

"그건 네 녀석이 둔해서고."

더 이상 귀찮게 하지 말라는 듯 라키아가 다시 창밖으로 시선을 돌렸다.

"내가 둔한가, 알만?"

리안은 한 번도 자신이 둔하다고 생각해 본 적이 없었다. 하인으로 살아가려면 체력만큼이나 중요한 게 바로 눈치였기 때문이다.

더욱이 그는 주인을 바로 옆에서 모시는 하인이었다. 눈치가 없으면 절대로 할 수 없는 일인 것이다.

라키아의 말에 리안은 자신이 그새 변한 건가 싶어 내심 깜짝 놀랐다.

"영주님은 거의 모든 면에서 완벽하신 편입니다. 조금 둔하면 어떤가요. 그것도 영주님의 매력입니다."

알만이 느끼기에도 리안은 평소의 예리함이 믿기지 않을 만큼 어떤 면에서는 둔할 때가 있었다.

하지만 왠지 지금 그것을 말했다간 리안이 상처 입을 것 같아 말을 아꼈다.

"참, 전에 말씀하셨던 세공사 말입니다. 어젯밤 모두 무사히 성에 도착했습니다."

"아, 그래?"

워프 게이트로 영지에 도착하자마자 마차를 타고 밖으로 나왔기에 리안은 세공사들을 만나지 못했다. 반가운 소식에 리안의 눈이 번쩍 떠졌다.

"네, 긴 여행으로 다들 조금씩 지치기는 했으나 오늘 하루 푹 쉬면 내일부터는 바로 일할 수 있을 것 같습니다."

"무슨 일인지는 잘 설명했고?"

"영주님이 그리신 그림을 보고 고개를 갸웃하긴 했지만 할 수 있을 것 같다고 했습니다."

"그 정도도 못하면 세공사라고 할 수 없지."

리안은 빙그레 웃으며 어서 일이 끝나기를 바랐다. 기사단에 줄 갑옷을 상상하자 벌써부터 흐뭇한 기분이 들었다.

"도착했습니다!"

그때 마차가 서며 드디어 목적지에 당도했다.

"야호!"

아사가 신이 난 듯 훌쩍 뛰어내렸고 이어 알만과 라키아, 리안이 순서대로 마차에서 내렸다.

"와아, 멋있다!"

리안이 완전히 바깥으로 나가기도 전 아사의 탄성이 들려왔다. 중간 중간 와보기는 했지만 완공된 모습을 보는 건 리안도 처음이었다.

알만의 자신감 서린 표정을 뒤로하고 리안이 기대에 찬 시선을 들어올렸다.

"……!"

그리고 리안은 잠시 할 말을 잃었다. 기억하기로 매번 회색빛 벽돌만이 자리했던 그곳에, 푸르른 나무숲과 적갈색의 세련된 건물이 리안을 반겼다.

가까이 다가가 자세히 더 봐야 알겠지만, 멀리서 보아도 대단히 고풍스러우면서도 우아한 느낌이 들게 했다.

리안의 정면으로는 튼튼한 쇠로 만들어진 교문이 있었는데, 그 옆으로 크게 '세이프리드 아카데미' 라고 쓰여 있었다.

"호오, 깔끔하네."

라키아도 첫인상이 꽤 마음에 든 듯 낮은 휘파람을 불며 교문 안으로 들어섰다. 문이라지만 어른 스무 명이 나란히 걸어 들어갈 수 있을 정도로 공간이 넓었다.

"안은 또 다릅니다. 들어가서 보세요."

알만의 재촉에 리안은 부푼 얼굴로 걸음을 옮겼다. 기분 탓인지 교문을 들어서자 풀과 나무의 싱그러운 향기가 일행을 맞았다.

"저기는 마차가 다니는 길인가?"

교문 안으로 들어서자 길이 두 갈래로 나뉘었다. 척 보기에도 보행자와 마차가 다닐 길을 구분해 놓았음을 알 수 있었다.

마찻길은 상대적으로 넓을 뿐만 아니라 먼지가 날리지 않도록 잘 닦여져 있었다.

"네, 워낙 아카데미의 규모가 크기 때문에 교내 모든 곳에 마차가 드나들 수 있는 길을 만들었습니다."

"그럼 마구간도 있어야겠네?"

아카데미 안에서 마차가 오간다는 것이 신기했는지 아사가 돌아보며 물었다. 알만이 손을 들어 어딘가를 가리키며 대답했다.

"그럼요. 저쪽에 이미 지어 놓았습니다. 아카데미의 선생뿐 아니라 학생들도 방과 후엔 언제든 마구간을 이용할 수 있습니다."

"아카데미에 다니면 그 기숙사라는 데에서 생활해야 한다지?"

묘인족인 아사에게는 아카데미에 관련된 모든 것들이 궁금한 모양이었다. 아예 알만의 옆에 붙어서 걸으며 그동안 참았던 질문들을 쏟아내기 시작했다.

"아직 영주님께서 아카데미의 개교를 공식적으로 발표하지 않으셔서 그렇지, 아카데미가 열리면 제국 전역에서 학생들이 몰려들 것입니다. 집이 먼 학생들은 당연히 기숙사가 필요하겠지요."

"그럼 선생도 마찬가지겠네? 리안 말이 전국에서 선생을 모집했다고 하던데."

"네, 그렇긴 합니다. 하지만 예우 차원에서 학생들과는 다른 숙소에서 생활하게 될 겁니다."

"선생들은 확실히 다 뽑은 거야?"

"지난달 영주님께 이미 명단을 받아 각 선생들과 조율을 마쳤습니다. 이제 서서히 수업을 준비해야 할 시점이니, 아마 조만간 다들 도착하실 겁니다."

알만의 이런저런 설명을 듣다 보니 어느새 처음 보았던 건물의 앞까지 도착해 있었다. 입구 옆에 세워진 비석의 글씨로 보아 이곳이 교양학부임을 알 수 있었다.

바로 앞에서 보니 멀리서 보았던 것과는 달리 건물이 무척 크고 웅장했다. 실내가 어떻게 꾸며져 있는지는 모르겠지만, 오백, 아니 천 명은 거뜬하게 수용하고도 남을 법했다.

"세이프리드 아카데미에는 총 네 개의 학부가 있습니다. 보시다시피 이곳 교양학부와, 행정에 대해 배우는 행정학부 그리고 마법을 공부하는 마법학부와 라키 님처럼 기사가 되기 위한 기사학부가 존재합니다.”

“아, 저기 팻말이 보이네.”

아사가 가리키는 곳을 보니 각 학부의 방향을 알려주는 팻말이 친절하게 표시되어 있었다.

“교양학부의 수업은 아카데미의 학생이라면 누구나가 배워야 하는 필수 과목입니다. 그래서 이곳을 중심으로 학부가 나뉜다고 보시면 될 겁니다. 들어가 보시겠습니까?”

“아니, 나중에. 오늘은 그냥 전체적으로 둘러보고만 싶어.”

리안에게 가장 보고 싶은 곳을 고르라면 단연 마법학부였다. 그건 리안이 마법사여서 그렇기도 하지만, 그보단 지금의 리안을 있게 한 세이프리드 때문이었다.

세이프리드에게 직접 약속하지는 못했어도 리안은 다짐했었다. 반드시 그의 부탁대로 마법이 사장되지 않도록 널리 알리겠다고.

그 다짐의 시작이 바로 이곳이 될 터였다.

“마법학부부터 보러 가자.”

리안은 팻말의 방향을 따라 서둘러 몸을 움직였다.

아카데미의 곳곳에는 아직 일하는 인부들의 모습이 심심찮게 보였다. 공사는 완전히 끝이 났지만 외양상 다듬어야 할 곳이 남은 탓이다.

세이프리드 아카데미에는 다른 아카데미와는 달리 평민들도 대거 입학할 예정이었다. 당연히 반감을 품을 귀족들이 생길 것이다.

아무것도 아닌 사소한 일로 그들에게 꼬투리가 잡히느니, 사전에 차단하는 것이 이로웠다.

알만은 리안의 특명으로 공사가 끝나고도 인부들을 대거 고용해 세심하게 하나하나 해결해 나가고 있었다.

"와! 오아시스도 있네!"

이름 모를 새소리를 들으며 얼마쯤 걷자 일행의 눈에 커다란 호수가 등장했다. 아름드리나무들과 아름다운 조각상, 잠시 쉬어갈 수 있는 벤치까지 마련된 하나의 공원이었다.

호수 위에는 고운 자태를 뽐내는 백조와 어미를 따르는 작고 귀여운 새끼오리들의 모습도 보였다.

"아카데미의 곳곳에는 학생들이 편하게 쉴 수 있는 공간이 마련되어 있습니다. 이곳은 공부에 지친 학생들이 가벼운 산책으로 피로를 푸는 곳입니다."

"휘휴, 인공호수까지 만들다니 대단한걸."

라키아의 감탄에 리안은 잠시 어깨를 으쓱했다. 설계 도면으로 이미 알고 있긴 했지만, 이렇게 직접 보고 있으니 리안도 사실 놀라웠다.

"학생들이 휴식할 수 있는 공간은 이곳만이 아닙니다. 남녀 기숙사마다 학생들이 모여서 놀 수 있는 휴게실이 있으며, 간

식거리를 파는 매점이 있습니다. 그리고 저쪽으로 가시면 학생과 선생은 물론 아카데미에서 일하는 모든 직원들이 이용할 수 있는 상점가가 밀집해 있습니다. 식당, 술집, 서점 등 다양하지요."

"식당? 음식을 각자 사먹어야 해?"

"그건 아닙니다. 아카데미에서 운영하는 전문 식당이 따로 있지만, 입맛이 까다롭거나 특별한 것을 원하는 이들을 위해 지은 것입니다."

"아카데미라면 공부를 하는 곳인데, 너무 놀거리만 있는 거 아닌가."

알만의 설명을 듣던 라키아의 미간에 몇 가닥 작은 주름이 잡혔다. 수련만 해도 시간이 모자랄 판에 방해되는 것이 너무 많았다.

알만을 대신해서 리안이 웃으며 말했다.

"설마, 그럴 리가 있겠어? 알만이 아직 말을 안 해서 그렇지, 마법학부의 경우 이론을 배울 강의실부터 해서, 다양한 실험실과 수련실 그리고 마법학부만의 도서관이 따로 지어진 참이야. 규모가 황실 도서관에 버금간다면 얼마나 클지 상상이 돼?"

"어디 그뿐인가요."

알만이 거들고 나섰다.

"기사학부 쪽에는 학부의 전 학생이 나와 수업을 해도 전혀 지장이 없도록 연무장을 넉넉히 지었으며, 기마술을 수련할 수 있는 승마장까지 완비했습니다."

"근데 마법학부에만 도서관이 있는 건 너무 불공평하지 않아?"

"아사 님, 기사학부에 승마장이 있듯 마법학부에도 도서관이 있는 것뿐입니다. 그리고 당연히 모든 학생들이 이용할 수 있는 도서관도 존재합니다."

"아, 도서관이 또 있어?"

"네, 저기 운동장이 보이십니까? 그 뒤쪽이 바로 도서관 건물입니다."

넓은 것도 문제지만, 건물이 이렇게나 많으니 팻말이 없으면 정말 큰일이라고 아사는 생각했다.

이런 저런 대화를 하며 걷다 보니 어느덧 마법학부에 다다랐다. 교양학부가 웅장하면서도 우아한 느낌이 들었다면, 이곳은 무척 감각적이었다.

똑같은 벽돌로 지어졌지만 건물의 외양이 조금 더 화려하고 선의 모양이 복잡하면서도 회화적이었다.

누가 봐도 마법학부라는 것을 알 수 있을 것 같은 느낌이랄까?

리안은 묘한 감동에 휩싸였다.

갑자기 그간 잊고 지냈던 지난 삶이 떠오르기도 했고, 5년 전 새로운 몸을 얻으며 했던 각오들이 새록새록 기억났다.

그동안 많은 일을 했지만 아카데미의 건설처럼 스스로 감격에 벅찬 적은 없었다.

이제야 비로소 자신의 꿈에 한층 다가선 기분이었다.

귀족이 아닌 자들도 살기 좋은 세상.

앞으로 해야 할 일이 더 많겠지만 지금만큼은 마치 꿈을 이룬 듯한 착각이 들었다.

"리안, 다른 학부에도 가보자."

감상에 젖어 있는 리안을 깨운 것은 아사의 목소리였다. 녀석이 행정학부와 기사학부의 팻말을 발견하고는 리안의 대답도 기다리지 않고 서둘렀다.

이제 보니 각 학부의 건물들은 마치 하나의 예술 작품처럼 각기 다른 독특한 느낌을 풍기고 있었다.

행정학부에서 배우게 될 건 정치와 경제, 회계나 외교에 관한 것들이었다.

조금은 딱딱한 과목답게 건물 또한 심플하고 깔끔한 분위기를 풍겼다.

하지만 그런 분위기에 질릴 학생들을 위해선지 주변 경관만큼은 어느 곳보다 수려하게 꾸며져 있다는 걸 알 수 있었다.

일행이 마지막으로 들른 곳은 기사학부였다.

그곳으로 가는 도중 일행의 눈길을 사로잡은 것이 있었는데, 한쪽 면 전체가 투명한 유리로 지어진 이층짜리 건물이었다. 건물의 간판에는 '칼리스타 뱅크, 세이프리드 지점'이라고 적혀 있었다.

"어? 여기에도 칼리스타 뱅크가 있네!"

"응, 알만의 아이디어야. 아마 아카데미 최초일걸?"

"아카데미에 거주하는 사람들을 위해 생각해낸 발상입니다. 선생과 학생뿐 아니라 직원들에게도 필요한 시설이죠. 편의시설은 뱅크뿐 아니라, 건강을 책임질 치료소와 고향에 있는 가족이나 친구들과 소식을 주고받을 수 있는 연락소도 있습니다."

"대체 없는 게 뭐야?"

알만의 설명을 들으면 들을수록 아사는 혀를 내두를 수밖에 없었다. 아카데미가 아니라 마치 하나의 성을 지은 듯했다.

"글쎄요. 아직은 잘 모르겠습니다. 개교 후에 필요한 것이 생긴다면 그때그때 영주님과 상의를 해서 보충할 계획입니다."

"내 생각엔 당분간 그럴 일은 없을 것 같아. 그러니 안심해, 알만."

기사학부는 대강당을 지나 한참을 더 걸은 후에야 일행의 눈에 들어왔다.

특성상 야외 수업이 많기 때문인지 다른 학부에 비해 전체적으로 건물의 크기가 조금 작은 느낌이었다.

하지만 이곳에서 탄생할 미래의 기사만큼이나 활기찬 기운이 외관에서 그대로 넘쳐흘렀다.

이제 다음 주면 세이프리드 아카데미의 개교를 공식적으로 전국에 알릴 예정이었다.

다들 얼마나 비웃고 우습게 여길까.

평민과 함께 공부해야 한다는 사실 하나만으로도 귀족들은 분개하며 욕을 해댈 것이다.

하지만 강사진을 본다면 분명 달라질 거라고 리안은 확신했다.

지금까지 그 어떤 아카데미에서도 황실 마법사를 고용한 적은 없었다. 리안의 마법학부에는 그런 황실 마법사가 세 명이나 존재한다.

그뿐인가.

마법 연구에 필요한 값비싼 재료들을 과감히 제공함은 물론, 학부의 도서관에는 구하기도 어려운 마법 서적들이 두루 준비되어 있었다.

개교를 알리는 공문서에 그런 사항들을 꼼꼼히 기재한다면 현재 마법을 공부하는 학생들을 모집하기란 별로 어렵지 않을 것이다.

문제는 기사학부였다.

시대가 시대인 만큼 아카데미에서 학생수가 가장 많고 활발하게 돌아가는 것이 기사학부다. 그렇기 때문에 아카데미 측에서도 어느 학부보다 많은 공을 들인다고 할 수 있었다.

뛰어난 선생들이 가르치는 것은 너무도 당연한 일이고, 졸업시험을 통과하면 바로 기사작위를 획득할 수 있는 이점(利點) 등 혜택이 무척 다양했다.

단점이라면 엄청난 입학 경쟁률과 어마어마한 학비랄까.

제국에는 총 네 개의 아카데미가 존재한다. 마법학부가 있는 곳은 그중 둘뿐이지만, 그건 명목상이고 실제로는 네 곳 모두 기사학부가 중심이었다.

아카데미에 들어가고 싶은 학생은 많은데 경쟁률이 높다 보니, 제일 중요한 게 일단 가문이었고, 둘째가 학비를 감당할 수 있는 재력이었다.

리안이 노린 것이 바로 이거였다.

마법학부에서 황실 마법사를 선생으로 모신 것처럼 아무리 유명한 무예 선생을 모신다 해도 기존 아카데미보다는 나을 수 없었다. 라키아가 자신의 신분을 드러내고 학생들을 가르치겠다고 나서지 않는 한 말이다.

하지만 저렴한 학비와 신분의 구애를 받지 않는다면 승산은 있었다.

아카데미에 들어갈 수 있게 되었다는 것만으로 평민들은 환호할 것이며, 타 가문의 권세에 밀리거나 학비를 감당할 능력이 없어 포기해야 했던 지방의 귀족들도 기대를 안고 모여들 것이다.

그렇게 되면 재능이 있음에도 묻혀 지낸 자들을 발견할 수도 있고, 소외받던 이들에게 희망을 줄 수도 있었다.

특별히 가정 형편이 어려운 학생들을 위해서는 장학금도 지원할 생각이었다. 아직은 평가 기준이 모호하기 때문에 처음엔 영지민을 대상으로 하겠지만, 차츰 그 기준을 확대해 다른 학생들에게도 기회가 가게 할 것이었다.

"알만."

"네, 영주님."

알만이 리안의 옆으로 조용히 다가와 섰다.

"이제 정말 시작이야. 드디어 내가 제일 하고 싶었던 일을 하게 되었잖아."

"떨리십니까?"

"글쎄……."

곰곰이 생각해 보았지만 떨린다는 표현은 어울리지 않았다.

"그냥 벅차다고 해야 할까? 기분이 묘해. 이곳에서 공부하게 될 학생들이 누구일지 궁금하기도 하고, 그들이 나처럼 이곳을 소중하게 여길지 걱정도 되고."

"저도 그렇습니다. 아마도 그건 시간이 알아서 해결해 주겠지요."

"그렇지?"

"네, 하지만 분명 이곳에 오게 된다면 도저히 좋아하지 않고는 못 배길 겁니다. 두고 보세요."

알만은 장담했다. 리안이 심혈을 기울여서 만든 이곳을, 이곳에서 공부할 학생들이 좋아하지 않을 리 없었다.

세이프리드 아카데미는 공부할 수 있는 최상의 조건을 갖춘 곳이었다. 다들 이곳에 흠뻑 빠지리라.

"그런데 리안, 이름이 왜 세이프리드야? 칼리스타 뱅크나 칼리스타 상단처럼 여기도 칼리스타 아카데미가 되어야 하는 거 아니야?"

아사의 갑작스런 질문에 동의한다는 듯 라키아도 고개를 끄덕이며 리안을 바라봤다.

언제쯤 물어볼까 생각했던 그 질문에 리안은 아카데미를 둘러보며 빙그레 웃었다.

"지금의 나를 있게 한 존재거든."

"리안을 있게 한 존재?"

"응, 나에겐 아주 특별한 누군가의 이름이야."

세이프리드…….

앞으로 마법을 얘기하는 자라면 모두가 그의 이름을 떠올릴 수 있도록 리안은 아카데미를 발전시킬 각오가 되어 있었다.

* * *

수업을 마친 서머는 바삐 어딘가를 향해 걸었다. 그는 방금 전 친구를 통해 들은 엄청난 소식에 약간 흥분상태였다.

아마 지금쯤이면 커쉬너 형의 귀에도 같은 이야기가 전달되었을 것이다. 형은 과연 무슨 생각을 하고 있을지 서머는 궁금했다.
서머가 도착한 곳은 아카데미 내에 위치한 식당이었다. 주방장의 요리 솜씨가 좋아 아카데미에서 가장 인기가 좋은 곳으로, 커쉬너와 그의 친구들이 거의 빼먹지 않고 들르는 곳이었다.
"커쉬너 형!"
서머의 예상대로 역시나 커쉬너의 모습이 보였다. 항상 붙어 다니는 젠과 그레이브도 있었는데, 셋 다 서머의 목소리를 듣지 못한 듯 열띤 대화를 나누고 있었다.
사실 식당에 있는 대부분의 학생들이 그랬다. 다들 앞에 놓여 있는 음식은 나 몰라라 한 채 침을 튀겨가며 이야기가 한창이었다.
"커쉬너 형!"
서머는 커쉬너의 이름을 부르며 달려갔다.
"서머!"
그제야 서머를 발견한 커쉬너가 대화를 멈추고 돌아봤다.
"형도 들었어? 칼리스타 백작령에 아카데미가 새로 생긴 거!"
"안 그래도 우리도 그 얘기를 하던 중이야. 일단 여기 앉아."
커쉬너는 젠과 그레이브에게 눈으로 양해를 구한 뒤 서머를 옆에 앉혔다. 아직 어색하긴 하지만 일전에 같이 식사를 한 이후로 조금은 편해진 사이였다.

“황실 마법사가 직접 가르친다는 게 형은 믿겨져?”

처음 소식을 들었을 때부터 서머는 그 사실이 가장 믿어지지 않았다. 이전에도 없었지만 앞으로도 절대 일어날 수 없는 일이기 때문이다.

자신의 연구만도 바쁜 마법사가, 그것도 황제만을 위해 일한다는 황실 마법사가 아카데미에서 새파란 학생들을 가르친다니, 어디 그것이 말이 되는가?

배우는 처지에서야 두 팔 벌려 환호할 일이지만, 입장을 바꿔 생각해 보면 이해하기 힘든 게 사실이었다.

“쉽게 믿어지진 않지만 거짓말은 아닐 거야. 칼리스타 백작이 사기를 칠 사람은 아니잖아?”

개인적인 친분이 없더라도 칼리스타 백작의 지금까지의 행보를 본다면 절대 거짓은 아니었다. 그라면 황실 마법사를 정말로 데려왔을 것이다.

“커쉬너 말이 맞아. 백작은 그럴 사람도 아니고, 충분히 가능성이 있어.”

“가능성?”

“응, 설마 다들 잊은 건 아니겠지? 그가 황제의 처남이 되었다는걸?”

“젠, 네 말은 황제가 황후의 오라비에게 특별히 혜택을 주었다는 거야?”

"황실 마법사를 선생으로 고용하기 위해선 첫째로 당연히 황제의 승인이 있어야 하니까. 게다가 칼리스타 백작은 황제의 처남이기 전에 이번 흉년 사태를 훌륭하게 해결까지 한 사람이야. 너희들이라도 어떤 부탁이든 들어주지 않겠어?"

젠은 자신의 말에 거의 확신했다. 황제가 자신의 가장 큰 지지 세력인 황실 마법사를 나누어 주었다는 것은 그만큼 칼리스타 백작을 인정하고 신뢰한다는 뜻이었다.

다시 말해 벌써부터 황제는 자기 사람을 챙기고 있었고, 칼리스타 백작은 득을 보고 있었다.

"형은 어떡할 거야?"

서머는 조심스러운 목소리로 커쉬너에게 물었다. 젠과 그레이브는 기사 지망생이니 상관없지만, 서머와 커쉬너는 아카데미의 얼마 되지 않는 마법학도였다.

그런 그들에게 황실 마법사에게 마법을 배울 수 있는 기회가 찾아온 것이다.

"……."

커쉬너는 바로 대답하지 못했다. 마음 같아선 당장 아카데미를 그만두고 칼리스타 백작령으로 달려가고 싶지만 걸리는 점이 있었다.

"설마 너희들 세이프리든지 뭔지 하는 그곳으로 가려는 건 아니겠지?"

젠은 말도 안 된다며 얼굴을 찌푸렸다.

"거기에 갔다간 평민이랑 같이 수업을 들어야 한다고! 흔들리고 있다면 정신 차려, 커쉬너!"

"평민이랑 같이 배우면 뭐가 어때서요. 형도 바다향기에 자주 가잖아요."

서머라고 평민들과 같은 자리에 앉아 공부를 하고 싶지는 않았다. 태어날 때부터 자신들은 다르다고 배우며 자라온 귀족의 자식들이었다.

하지만 황실 마법사란 그리 쉽게 포기할 수 있는 사안이 아니었다. 싫어도 어쩔 수 없는 경우인 것이다.

"바다향기가 아카데미와 같아? 바다향기는 해산물이 먹고 싶을 때 잠깐 가서 먹으면 되지만, 거긴 아예 같이 살아야 하는 곳이야. 모든 학생이 기숙사 생활을 해야 한다고."

"설마 칼리스타 백작이 귀족과 평민이 한방을 사용하게 할 거라곤 생각하지 않아요."

"그건 그렇지만……."

"그리고 세이프리드 아카데미의 장점은 선생뿐이 아니에요. 그곳엔 마법학부만의 도서관이 따로 있을 만큼 방대하고 귀한 마법 서적이 있다고 들었어요. 잘하면 5서클 대마법사인 럼블리 백작님의 강연을 들을 수도 있고요."

말을 하다 보니 서머는 자신도 모르게 결정을 굳히고 있었다.

그래, 못 갈 이유가 없다. 지금의 아카데미에 엄연히 마법학부가 존재한다지만, 그건 이름뿐이지 실상 배우는 것은 거의 없었다.

아무리 마법이 쇠퇴하고 있다고 하지만 서머는 마법을 포기할 수 없었다. 아버지의 반대에도 불구하고 서머가 마법을 공부하는 이유는 돌아가신 외할아버지 때문이었다.

어린 서머의 앞에서 언제나 인자하게 웃으시며 마법을 보여주시던 외할아버지는 비록 유명하신 분은 아니었지만 서머에게는 가장 큰 우상이었다.

어릴 때부터 그런 할아버지와 같은 마법사가 되는 것이 서머는 꿈이었다.

"커쉬너 형, 같이 가자. 난 형이랑 함께 가고 싶어."

서머의 청에 커쉬너의 고민이 깊어졌다. 젠은 그런 서머가 마음에 들지 않았다.

"가려면 너 혼자……."

"젠."

그레이브가 젠의 팔뚝을 잡으며 고개를 가로저었다.

"커쉬너와 서머에겐 놓칠 수 없는 기회야. 너와 내가 마법을 공부했더라면 우리도 그랬을지 몰라. 알아서 결정하게 놔두자."

"그레이브, 커쉬너가 평민이랑 나란히 앉아서 수업을 받는다고 생각해 봐. 그게 말이 돼?"

"어차피 평민이라도 해도 부유층의 자제일 거야. 아무리 학비가 싸다고 해도 평민들에겐 여전히 감당하긴 힘든 금액이니까. 그런 애들이라면 교육도 그만큼 알아서 받았을 테고, 커쉬너에게 함부로 못하겠지."

그레이브는 커쉬너의 결정을 존중하겠다는 의미로 그의 어깨를 탁탁 두드렸다.

"형……."

커쉬너의 대답이 너무 늦자 서머가 불안한 듯 입술을 깨물었다.

사실 커쉬너는 거의 결정한 바나 다름없었다. 그라고 황실 마법사에게 배우고 싶은 마음이 왜 없겠는가.

하지만 칼리스타 백작은 황제의 사람이었다.

과연 아버지께서 허락을 해주실까?

커쉬너 본인은 그런 것에 별로 구애받지 않는 성격이지만 아버지는 다르다. 타운젠드 공작의 말이라면 자다가도 벌떡 일어나시는 분이니 분명 반대를 하실 것이다.

마법을 배우는 것조차 탐탁지 않게 여기시는 아버지셨다. 그나마 커쉬너가 차남이었길 망정이지, 형은 꿈도 못 꾼다.

'그래, 내가 언제부터 아버지의 눈치를 봤다고. 훌륭한 마법사가 되면 아버지께서도 이해해 주시겠지.'

커쉬너는 결정을 내렸다. 마법을 공부하기로 마음을 먹은 이상 진취적으로 나가야 했다.

"서머."

서머가 긴장된 얼굴로 커쉬너를 응시했다.

"함께 가자. 우리 해보는 거야!"

"형!"

혼자 갈 생각에 왠지 두렵고 걱정스러웠던 서머가 커쉬너의 결정에 환호하며 그를 얼싸안았다.

젠이 그런 둘을 못마땅한 듯 쳐다봤고, 그레이브가 빙그레 미소 지었다.

커쉬너가 서머를 떼어내며 말했다.

"서머, 결정한 이상 빨리 움직여야 해. 잘못하면 정원이 꽉 찰지도 몰라."

"설마 미달이라면 모를까. 커쉬너, 너무 앞서가지 마."

빈정대는 친구에게 커쉬너는 더없이 진지한 얼굴로 설명했다.

"젠, 마법이 쇠한 것도 사실이고 마법사를 찾아보기 힘든 것도 사실이야. 하지만 아직 대륙에는 마법을 공부하는, 마법사가 되길 원하는 사람은 많아. 그들이 과연 가만히 있을까?"

"……!"

"나와 서머는 운이 좋은 편이야. 칼리스타 백작이 황도에 제일 먼저 아카데미의 소식을 알렸거든. 지원자가 몰리기 전에 어서 가봐야 해. 서머, 서두르자!"

"응, 형!"

커쉬너와 서머가 동시에 자리에서 일어났다.

"연락할게."

두 친구에게 짧게 인사한 뒤 커쉬너와 서머가 급히 식당을 빠져나갔다.

"서머, 내일 아침 9시에 바다향기 앞에서 만나자. 모란 남작님을 설득시킬 자신은 있는 거지?"

"엄마에게 부탁하면 되니깐 걱정하지 마. 나보단 형이 더 걱정인데?"

"실은 나도 그렇다. 아마 순순히 허락해 주시진 않을 거야."

"설마 형네 아버지, 내일 못 나가게 감금하신다거나 그러는 건 아니겠지?"

"글쎄. 가능성이 아주 없지는 않지."

커쉬너의 대답에 서머가 놀란 눈을 하며 입을 벌렸다.

"아무튼 서머, 내일 보자. 늦으면 안 돼!"

"어쩌려고?"

"걱정하지 마. 다 방법이 있으니까."

"방법?"

"그래, 그럼 나 먼저 간다. 준비 철저히 해와!"

서머의 머리를 장난스럽게 헝클어뜨린 후 커쉬너가 기숙사를 향해 달려갔다. 잠시 후, 서머도 뒤질세라 마구간을 향해 뛰었다.

세이프리드 아카데미의 창설 소식은 제국을 또 한 번 들끓

게 만들었다.

갈수록 무예에 비해 입지가 좁아지는 마법 때문에 애통해하던 이들에겐 반가운 소식이 아닐 수 없었고, 아카데미에 입학조차 할 수 없었던 소외된 귀족과 평민들에겐 그야말로 꿈같은 이야기였다.

소문에 듣기로 마법학부 쪽은 이미 훨씬 전에 입학 희망자가 정원을 넘어섰다는 말이 있었다.

개교 소식이 알려지자마자 기존의 마법 아카데미에서는 자퇴를 하는 학생들이 우후죽순 늘어났고, 정보 길드를 통해 아카데미에 대한 문의를 하는 자들도 생겨났다.

처음엔 귀족들 대다수가 리안의 아카데미 설립을 비웃었다. 이제 하다하다 별것 다 한다는 소리도 있었고, 당장에 이상한 짓거리를 막아야 한다는 의견도 있었다.

평민과 귀족이 함께 아카데미에서 공부를 해야 한다는 사실에 대개의 귀족들은 모욕감을 느꼈다.

그래선지 행정학부와 기사학부에 지원하는 자들은 과반수가 평민이었다. 귀족이 아예 없는 것은 아니었지만, 거의가 이름을 들어도 알 수 없을 정도로 힘없는 가문이거나 몰락 귀족 출신이었다.

물론 마법학부는 열외였다.

가장 뜨거운 관심을 받는 학부답게 신분의 고하를 막론하고 엄청난 지원자가 몰려들었다. 어떻게 소식을 들은 것인지 외국에서까지 찾아오는 자들도 있었다.

생각했던 것보다 높은 인기에 리안은 계획보다 원서 마감일을 일찍 앞당기고, 아카데미의 선생들과 함께 학생 선별에 들어갔다.

워낙에 지원자가 많아 그 일만 하는 데에도 꼬박 열흘이 넘는 시간이 걸렸다.

리안은 몰랐으나 아카데미의 창설로 인해 괜한 몸살을 앓고 있는 사람이 또 있었으니, 그건 바로 럼블리 백작이었다.

개교 소식을 듣자마자 그에게로 엄청난 문의가 빗발쳤다.

정말로 황실 마법사가 아카데미의 선생으로 간 것이 맞는지 확인하려는 사람부터, 세 명의 선생이 모두 럼블리 백작의 제자라는 것에 흥분하는 사람들 등 한동안 진풍경이 벌어졌다.

모집을 마감한 지금도 그에게 뒤늦은 입학을 부탁하기 위해 연일 귀족들의 방문이 끊이지 않고 이어졌다.

이처럼 사람들이 마법에 지대한 관심을 갖는 것이 백작은 얼마만인지 기억조차 나지 않았다.

황실 마법사로 다시 마법을 부흥시키겠다는 칼리스타 백작의 생각은 적중했다.

"폐하, 신 럼블리 백작입니다."

오늘도 자신을 찾는 귀족들을 피해 백작은 황제에게로 피신했다. 백작이 어딜 가든 쫓아오는 그들이지만 황제가 있는 이곳만은 예외였다.

"오늘도 오셨네요."

황제는 혼자가 아니었다. 이제는 황후 마마로 불러야 할 레지나가 함께였다.

"황후 마마도 계셨습니까?"

럼블리 백작은 예를 갖춰 레지나에게 인사했다.

"이반, 또 피신하러 온 거야?"

"어휴, 죽겠습니다. 저는 입학에 아무 권한이 없다고 아무리 말을 해도 당최 믿지를 않습니다."

"저 같아도 그럴 거예요. 황실 마법사가 선생으로 간 데다가, 세 분 모두 백작님의 제자니까요. 아마 입학자 발표가 나면 수그러들겠죠. 그때까지만 백작님이 조금 참아주세요."

오빠의 일이기에 레지나는 미안한 마음이 들었다. 그와 동시에 궁금하기도 했다.

한때 아카데미에서 학생들을 가르치는 것이 꿈이었던 그녀가 아닌가.

새롭게 지어진 아카데미가 어떻게 돌아가고, 어떤 분위기 속에서 학생들이 공부할지 레지나는 직접 가서 보고 싶었다.

'세린느……'

그런 그녀의 마음이 눈빛에 드러난 것일까?

갑자기 황제가 불쑥 말했다.

"이반, 우리도 한번 가볼까?"

"네?"

"결혼식 이후로 내내 궁에서만 지냈잖아. 많이 갑갑할 거야."

이반에게 말하고 있지만 라테스는 지금 레지나에 대해 말하는 것이었다.

"아니에요, 폐하. 저는 괜찮아요."

말만 들어도 레지나는 가슴이 두근거렸다. 하지만 황제라는 자리가 함부로 움직일 수 없다는 건 그녀도 이제는 안다.

"저 때문에 괜한 무리하지 마세요."

"그곳에 간다고 무리하는 건 아니니 걱정하지 마시오. 영토 시찰 겸 황후의 친정 나들이라고 둘러대면 되니까."

"하지만……."

"당신이 그 일을 얼마나 좋아했는지 아는데 내가 어찌 가만히 보고만 있겠소? 막을 명분이 없으니 대신들도 크게 반대하지는 않을 거요. 그렇지, 이반?"

걱정하는 황후를 위해서라도 럼블리 백작은 아니라고 말할 수 없었다.

사실 틀린 말도 아니었다.

황제의 영토 시찰이 없던 일도 아니었고, 황후의 친정 나들이는 흉이 아니었다. 황후의 잦은 친정 방문은 대신들에게 책잡히기 좋은 구실이 될 수 있으나, 일 년에 한두 번 정도는 문제가 되지 않았다.

"폐하의 말씀이 맞습니다. 그간 답답하셨을 테니 이번 기회에 바람이라도 쐬고 오십시오, 황후 마마."

"정말…… 그래도 될까요?"

여전히 레지나는 염려스러웠다. 괜한 일로 황제가 귀족들에게 질책을 받는 것은 아닌지 걱정이 앞섰다.

"누구보다도 아카데미가 개교하길 기대하던 황후가 아니질 않소? 우리 같이 가봅시다."

라테스는 레지나의 대답도 기다리지 않고 시종장을 불러 자신과 황후의 친정 나들이를 준비하라 명했다.

레지나의 얼굴엔 여전히 우려가 담겨 있었지만 한편으론 기대감이 치솟기도 했다.

라테스가 그런 그녀의 모습에 빙긋 웃었다. 레지나의 행복이 그에게도 곧 행복이었다.

제9화 타운젠드 백작

스웨르겐 백작이 장인인 타운젠드 공작의 부름을 받고 저택을 찾았다.

"기다리고 계십니다."

하인의 안내를 받아 도착한 곳은 공작의 집무실이었다. 안에는 공작 말고도 두 사람이 더 있었는데, 그들은 백작도 익히 아는 이들이었다.

공작의 충신을 자처하는 맥브라이드 남작과 황궁 제1기사단 단장인 로스 백작이었다.

"왔는가."

상석에 앉은 채로 공작이 스웨르겐 백작을 맞았다.

"늦어서 죄송합니다."

제 시간에 맞춰 왔지만, 먼저 온 사람들이 있기에 백작은 형식상 사과의 말을 건넸다.

"저도 이제 막 왔습니다. 이쪽으로 앉으시지요."

맥브라이드 남작이 사람 좋은 웃음을 지으며 자신이 앉아 있던 자리를 스웨르겐 백작에게 내줬다.

백작은 고마움의 뜻으로 살짝 고개를 끄덕이며 그곳으로 가 앉았다.

맞은편의 로스 백작이 가벼운 눈인사를 건네며 예의를 차렸다.

맥브라이드 남작이 스웨르겐 백작의 옆에 자리를 잡았을 때 타운젠드 공작이 말했다.

"오늘 자네들을 부른 것은 칼리스타 백작 때문이네. 다들 들어서 알고 있을 거네. 백작이 아카데미를 열었더군."

"네, 공작 전하. 이미 아시겠지만, 평민들도 입학이 가능하다고 합니다."

"대체 얼마나 더 귀족을 능멸하려는 것인지 모르겠습니다. 천한 평민과 함께 공부를 해야 한다니요. 도무지 말이 안 되는 얘깁니다."

로스 백작이었다. 그는 5년 전 반역자 라키아를 쫓다가 칼리스타 백작을 만난 적이 있었다.

여자보다 곱상한 외모에 단도 하나 제대로 들기 어려울 법한 몸매를 보고 얼마나 비웃었던가.

그때는 그가 이렇게 성장할 줄도 몰랐지만, 감히 자신을 포함한 귀족들을 업신여길 줄도 몰랐다.

"그 말도 안 되는 얘기에 열광하는 자들이 많다는 게 문제입니다. 황실 마법사가 마법을 가르친다는 소식에 제국뿐 아니라 대륙 전역에서 사람들이 몰려들고 있습니다."

맥브라이드 남작은 말하면서 아들인 커쉬너를 떠올렸다. 녀석은 아버지인 자신에게 일언반구도 없이 다니던 아카데미를 그만두고 칼리스타 백작령으로 떠났다. 자신이 알면 못 가게 할 것을 알고 그랬을 것이다.

조만간 억지로라도 데려와야 하는 건 아닌지 남작이 고민할 때 공작이 물었다.

"로스 백작, 황궁 분위기는 어떤가? 듣자하니 영토 시찰을 나간다고 하던데."

"네, 영토 시찰 겸 황후 마마의 친정을 방문하시겠다고 폐하께서 공표하셨습니다. 근위 기사단과 제가 맡고 있는 황궁 제1기사단이 호위를 맡을 예정입니다."

"바다향기의 주인은 아직도 못 알아냈나?"

무표정한 얼굴로 잠시 침묵을 고수하던 공작이 뜬금없이 바다향기에 대해 꺼냈다.

흉년과 결혼식, 그리고 아카데미 창설.

조용할 날 없이 계속 시끄러운 통에 요즘 신경을 쓰지 못했지만, 십대 상단 못지않게 어마어마한 수익을 올리고 있는 바다향기에 대해서도 아직 의문이 풀리지 않은 상태였다.

그곳의 주인이 누구이며, 숨겨진 마법사의 정체가 무엇인지 여전히 의문투성이였다.

갑자기 타운젠드 공작이 그것을 물어오자 맥브라이드 남작과 로스 백작은 어리둥절했다.

그때 잠자코 있던 스웨르겐 백작이 입을 열었다.

"네, 아직 알아낸 바 없습니다. 하지만 이제 감이 잡힙니다."

"우린 그동안 알려지지 않은 새로운 마법사가 등장했다고만 생각했었네. 설마 황실 마법사일 줄은 몰랐던 거지."

"공작 전하, 황실 마법사라니요?"

공작에게 물었지만 대답은 스웨르겐 백작이 했다.

"로스 백작님, 애초부터 바다향기에 마법사는 없었습니다. 처음부터 폐하께서 보존 마법이 가능한 황실 마법사를 그에게 내어준 것입니다."

"설마 그라는 게…… 칼리스타 백작을 말씀하시는 겁니까?"

"단정 지을 수는 없지만 저는 그럴 거라고 거의 확신합니다. 금번 아카데미 사태를 보시면 아시겠지만, 폐하께선 마법의 부흥을 위한다는 말씀 아래 황실 마법사를 선생으로 보내는 파격적인 조치를 취하셨습니다. 바다향기라고 그러시지 않았다는 보장이 없지 않겠습니까?"

"하지만 새로운 마법사일 가능성도 배제할 수는 없다고 생각하는데요."

"물론 그럴 수도 있습니다. 그러나 저는 그 생각에는 회의적입니다. 지금과 같은 시대에 3서클 이상의 마법사가 소문도 없이 등장하는 건 너무 신빙성이 없거든요."

그렇지 않느냐는 듯 공작을 잠시 바라보았다가 스웨르겐 백작이 말을 이었다.

"바다향기의 주인이 칼리스타 백작이 아닐 수는 있습니다. 하지만 황실 마법사의 개입은 틀림없습니다."

스웨르겐 백작은 평소 신중한 편이었다. 그런 그가 이처럼 확언을 하니 로스 백작도 더 이상 대꾸할 말이 생각나지 않았다.

"요즘 자꾸 뭔가를 놓치는 기분이 들어. 그게 뭘까……."

타운젠드 공작은 육십이 넘는 생을 살면서 칼리스타 백작처럼 특출한 인재를 본 적이 없었다.

자신은 평생 가본 적도 없는 변방에서 올라와 어린 나이에 칼리스타 뱅크라는 것을 만들고, 그것을 설리번 뱅크와 버금가는 위치에 올려놓았다.

어디 그뿐인가.

여동생을 황제에게 시집보내 순식간에 황실과 인척 관계를 맺었고, 어려운 시기에 엄청난 양의 곡식을 풀어 제국에서 제일가는 유명인사가 되었다.

그런 그의 나이 지금 딱 스물이다.

아들인 타운젠드 백작보다도 적은 나이.

그 나이 때 녀석은 무얼 했던가.

"……."

공작은 잠시 과거를 회상했지만 이내 기억하고 싶지 않다는 듯 머리를 내저었다.

"앞으로 정보 길드에 들어가는 인력과 시간을 배로 늘리도록 하게. 특히 칼리스타 백작에 관해서는 사소한 것 하나라도 빼놓지 말고 샅샅이 조사하게나. 분명 뭔가 감추고 있는 느낌이야."

"알겠습니다."

"그런데 공작 전하, 아카데미는 어떻게 하실 생각입니까? 설마 가만히 두고만 보실 겁니까?"

집무실에 들어서는 순간부터 맥브라이드 남작은 그것이 궁금했다.

시대는 마법이 쇠하면서 자연스레 무예를 높이 사는 세상이 되었다. 기사의 지위가 올라가고 그런 기사를 많이 배출하고 보유한 가문이 중앙 귀족으로 올라설 수 있게 된 것이다.

타운젠드 공작가도 예외는 아니었다.

공작이 지금은 비록 백발이 성성한 노인의 모습을 하고 있지만, 젊은 시절 그의 무위는 대단했고 아직도 체력만큼은 젊은 사람 못지않았다.

옆에 앉은 로스 백작만 하더라도 어린 시절 공작이 재능을 발견하고 키운 인재였다.

공작 자신이 소드 마스터가 되지는 못했지만, 그가 기른 자가 로스 백작 말고도 셋이 더 있었고, 운이 따른다면 아들인 타운젠드 백작에게도 가능성이 있었다.

그런 이때에 다시 마법의 부흥 시대가 온다는 건, 그들로서 반갑지 않은 일이었다.

더구나 마법은 공작이 황제에게서 유일하게 우위에 서지 못한 분야이기도 했다.

하지만 방도라도 있는 것일까?

맥브라이드 남작의 걱정에도 불구하고 공작의 표정에는 여유가 있었다.

"그건 우리가 아니라도 나설 곳이 있으니 잠시 기다려 보세. 손해는 우리보다 저쪽이 더 많이 봤으니까."

저쪽이 어딘지는 굳이 묻지 않아도 알 수 있었다. 작금의 사태에 놀라 거기까지는 미처 생각하지 못했던 남작이 뒤늦게 이해하며 고개를 조아렸다.

"그럼 내일 대전회의에서 보세나."

타운젠드 공작의 말에 로스 백작과 맥브라이드 남작이 즉시 자리에서 일어나 예를 올리고 나갔다. 스웨르겐 백작은 앞서 공작이 남으라는 눈빛을 보냈기에 자리를 지키고 있었다.

사실 지금까지의 얘기는 굳이 스웨르겐 백작이 있어야 할 이유가 없는 것들이었다. 전해만 들으면 되는 것이다.

아마도 공작이 자신을 부른 건 '그' 때문일 거라고 백작은 추측했다.

역시나 문이 닫히자마자 공작이 물었다.

"그는 지금 어디 있나?"

"내일 새롭게 보고가 들어와야 알겠지만, 현재는 레이단시에 있다고 알고 있습니다."

"레이단이라면 황도와는 제법 떨어진 곳이군."

"네, 반대로 칼리스타 백작의 영지와는 아주 가까운 곳입니다."

"새롭게 생긴 아카데미가 궁금하기라도 한 모양이지. 어때, 잘 지내는 것 같던가?"

"겉으로 봐서는 특별히 달라진 점은 없어 보인다고 합니다."

"여전히 혼자고?"

"네, 이번 유람에도 동행은 없습니다. 접근하는 자들도 없었고요."

평소와 똑같은 별다를 것 없는 내용이었다. 공작은 그만하면 되었다는 듯 고개를 끄덕이다가 혹시나 하는 생각에 손녀딸에 대해 물었다.

"레베카는 요새 어떻게 지내나?"

"아카데미에 입학을 원하는 자가 아니더라도 구경하기 위해 많이들 움직이고 있습니다. 당연히 빠질 레베카가 아니지요.

내일 출발하려는 눈치입니다."

가고 싶은 곳이 생기면 그곳이 어디든 가고야 마는 성격의 소유자였다. 말릴 힘도 없지만, 이제는 면역이 생겨선지 말릴 생각조차 들지 않았다.

"감히 내 손녀를 건드리는 놈들이야 없겠지만, 그래도 안전에 각별히 신경 쓰게. 내가 밤에 잠이 안 와."

"벨테른 경의 실력은 잘 아시지 않습니까? 너무 염려하지 마십시오."

딸인 레베카에 대한 타운젠드 공작의 과도한 애정은 스웨르겐 백작조차 혀를 내두를 지경이었다. 그가 일부러 다른 것으로 화제를 돌렸다.

"그런데 처남은 어디 갔습니까? 저는 이곳에서 함께 뵐 줄 알았는데요."

"글렌은 누군가를 좀 만나러 갔네."

"……?"

"지금쯤이면 얘기를 나누고 있겠군."

"혹시…… 칼리스타 백작입니까?"

왠지 예감이 그랬다.

공작은 긍정도 부정도 하지 않았다. 다만 창밖을 향해 미소 짓는 그의 얼굴이 백작의 생각이 틀리지 않았음을 말해주고 있었다.

*　　　*　　　*

리안이 갑작스런 초대를 받고 바다향기에 도착한 시간은 조금은 이른 저녁이었다. 황도의 명물답게 바다향기의 실내는 손님들로 바글바글했다.

리안은 종업원의 안내에 따라 바로 사층으로 올라갔다. 앞서 누가 올라갔는지 잘 알기에 사람들이 식사도 멈춘 채 수군거리기 시작했다.

"어서 오십시오."

리안을 발견한 타운젠드 백작이 웃으며 자리에서 일어났다. 그는 리안이 아들뻘임에도 불구하고 깍듯이 예의를 취하며 악수를 청했다.

"만나 뵌 적도 없이 불쑥 연락을 드렸는데 이렇게 나와 주셔서 감사합니다."

"놀라긴 했습니다만, 저야말로 초대해 주셔서 감사합니다."

리안은 백작과 가벼운 악수를 나눈 후, 그의 맞은편 자리로 가 앉았다.

그러자 기다렸다는 듯 해산물 요리가 종류별로 리안과 타운젠드 백작 사이에 차려졌다.

가까이에서 본 백작은 황궁의 결혼식장에서 보았을 때보다 훨씬 더 젊어 보였다. 마흔두 살이라는 나이가 무색할 만큼 피부에 주름 하나 없었고, 웃을 때 한쪽 볼에만 파이는 보조개가 인상 깊었다.

"우선 황후 마마의 성혼을 진심으로 축하드립니다. 당일 축하를 드렸어야 하는데 제가 늦는 바람에 그럴 수가 없었습니다."

"괜찮습니다. 결혼식장에 와주신 것 자체가 감사드릴 일입니다."

"그렇게 말씀해 주시니 저야말로 감사하군요. 한잔 하시겠습니까?"

타운젠드 백작이 술병을 집더니 리안을 향해 내밀었다. 리안도 재빨리 잔을 들어 그에게로 뻗었다.

쪼르륵.

투명한 액체가 소리를 내며 술잔에 담겼다. 리안이 타운젠드 백작의 잔에도 술을 따르려고 했지만, 백작이 괜찮다며 스스로 잔을 채웠다.

"칼리스타 백작님의 사업이 지금보다 더욱 발전하기를 기원하며 건배하지요."

백작이 리안을 향해 술잔을 들며 건배를 청했다.

"말씀 낮추십시오."

백작의 존대가 내심 불편했던 리안은 조심스런 미소와 함께 잔을 들었다.

"다음에 또 뵙게 되면 그땐 놓겠습니다. 초면부터 그럴 수는 없지요. 자, 그럼 건배할까요?"

짱!

탁자 위로 서로의 잔이 가볍게 부딪쳤다. 제법 높은 도수의 술이었지만, 리안이나 타운젠드 백작이나 얼굴 한 번 찌푸리지 않고 목으로 넘겼다.

"갑작스레 제가 뵙자고 해서 많이 놀라셨을 거라고 생각합니다. 이렇게 말하면 어떻게 들리실지 모르겠지만, 그냥 무작정 칼리스타 백작님을 뵙고 싶었습니다. 아무래도 요새 가장 두각을 나타내시는 분이니까요."

백작은 리안이 식사를 시작하기도 전에 본론으로 들어갔다. 그는 리안의 예상과 달리 무척 솔직한 말투를 구사했다.

"칼리스타 뱅크야 이미 제국 최고의 뱅크이니 할 말 없지만, 이번 아카데미 일은 많이 놀랐습니다. 흉년 때도 그렇고 칼리스타 백작님은 보통 남들이 생각하지 못하는 걸 하시는 것 같습니다."

"사업이든 무엇이든 뭔가를 이루려면 남이 하지 않는 걸 해야 하지 않겠습니까? 높이 봐주시니 그저 감사할 따름입니다."

"폐하께서 황후 마마를 대단히 아끼시는 듯합니다. 황실 마법사를 아카데미의 선생으로 보낼 생각을 하시다니 말입니다."

"폐하께서 황후 마마를 아끼시는 거야 당연한 것이지요. 폐하께서 황실 마법사를 허락해 주신 건 쇠퇴해 가는 마법이 폐하께서도 안타까우셨기 때문입니다. 마법이 다시 부흥한다면, 제국에도 기쁜 일이 아니겠습니까?"

리안은 연방 입가에 미소를 지으며 술병으로 손을 가져갔다.

"이번에는 제가 따르겠습니다."

타운젠드 백작이 고개를 끄덕이며 빈 잔을 내밀었다. 다시금 술이 채워지고 두 사람이 동시에 잔을 비웠다.

"진귀한 음식을 눈앞에 놔두고 손도 대지 않는 것은 예의가 아닌 듯합니다. 우리 들면서 얘기하지요."

"맞는 말씀입니다."

리안도 동의하며 백작보다 조금 느린 속도로 음식을 먹기 시작했다.

"그나저나 칼리스타 백작님은 좋은 상대 없으십니까?"

"네?"

"마음에 둔 분이라든가, 정혼자 같은 거 말입니다."

리안에 대해 가벼운 조사만 해봐도 만나는 여인이 없다는 것 정도는 알 수 있었다. 백작이 굳이 정혼이라는 단어를 쓴 이유는, 혹시 자신들이 모르는 상대가 있을지도 모르니 떠보는 것이리라.

"아직 마음에 둔 여인도, 정혼자도 없습니다. 제가 어려서 그런지 그런 쪽으로는 관심이 부족합니다."

"어머니께서 가만히 계시던가요? 제 경우엔 하도 성화를 부리셨는데."

타운젠드 백작도 리안처럼 가문의 유일한 아들이자 장남이었다.

여자와 달리 남자가 서른이 넘어 결혼하는 것이 그리 이상하지 않은 세상이지만, 리안이나 백작처럼 가문을 계승해야 하는 이들은 일찍 혼인을 하는 것이 일반적이었다. 대가 끊겨서는 곤란할 테니 말이다.

물론 타운젠드 백작은 서른이 넘은 나이에 장가를 갔으니 예외라고 할 수 있었다.

하지만 그는 그때까지 공작 부인에게 숱한 잔소리를 들어야 했고, 수많은 여인들을 강제로 만나야 했다.

리안이 아직 어리다고는 하나, 그의 나이에 이미 자식을 둔 자들도 있으니 성급한 이야기는 아니었다.

"얼마 전까지는 결혼 준비로 조금 뜸하시긴 했지만, 요즘 다시 그런 말씀을 조금 하시곤 합니다. 제가 알아서 눈치껏 피해 다니는 수밖에요."

"하하, 상상이 됩니다. 저는 한 달이 넘게 집에 들어가지 않은 적도 있습니다."

그때 생각만 해도 진저리가 난다는 듯 백작이 눈을 감으며 고개를 휘휘 저었다.

"타운젠드 백작님께 노하우라도 배워야 하는 건 아닌지 모르겠습니다."

지금만큼은 리안의 진심이 담긴 말이었다.

주인의 방탕함 때문인지 전생에서도 크게 여인에게 마음을 두지 않은 리안이었다. 그것이 현재의 삶에까지 영향을 미치는 것인지 리안은 정녕 지금의 상황이 편했다.

"정말 견디기 힘드실 때가 있으면 주저 말고 찾아오십시오. 제가 열 일 제치고 도와드리지요."

"말씀만이라도 감사합니다."

"아, 그러고 보니 몇 달 후 본성에서 성대한 파티가 개최될 예정입니다. 시간이 되신다면 칼리스타 백작님을 초대하고 싶은데, 방문해 주시겠습니까?"

"본성이라면 마리오네시를 말씀하시는 겁니까?"

"네, 아버님의 생신 연회는 대대로 황도가 아닌 본성에서 여는 것이 전통입니다."

다른 사람도 아닌 타운젠드 공작의 생신을 기념하는 파티였다. 이제 막 생각났다는 듯 정중하게 물어오고 있지만, 리안이 거절할 방법이란 애초부터 없었다.

타운젠드 공작가의 본성에서 열리는 파티라면 초대를 받는 것만으로도 영광이라고 들었다.

제국에서 가장 막강한 영향력을 행사하는 이의 초대를 거절했다간 괜한 구설수에 오를 수도 있었고, 벌써부터 눈 밖에 나는 행위는 하고 싶지 않았다.

궁금한 면도 있었다.

과연 누가 참석할 것이며 공작이 자신을 어떤 방식으로 대할지 재미있을 것 같았다.

"그런 자리라면 당연히 가야지요. 오히려 초대해 주셔서 영광입니다."

"칼리스타 백작님께서 와주신다면 저희야말로 고마운 일이지요. 아버님께서 반가워하실 겁니다."

반가워할지 인상을 쓸지는 두고 볼 일이었다.

리안은 타운젠드 공작이 백작을 통해 자신을 간보고 있음을 알 수 있었다.

지금까지는 그저 관망하고 있기만 했다면, 이제는 자신의 편으로 끌어들일 것인지, 아니면 적으로 인식할 것인지 판단하려는 것이다.

그건 그만큼 리안이 위로 올라섰다는 말과 같았다.

본성에서 열리는 파티에 초대까지 하면서 리안과의 줄을 이어 놓으려는 것을 보면, 리안을 특별하게 여기기 시작한 거라고 볼 수 있었다.

'맥카시 공작 측에서 뭐라고 할지가 궁금하군.'

분명 지금의 만남이 맥카시 공작 쪽에 들어갔을 거라고 리안은 생각했다.

만일 리안이 타운젠드 공작의 생신 파티에까지 간다면 완전히 그 편으로 합류했다고 간주할지도 모른다.

설리번 뱅크의 일도 그렇고, 일련의 돌아가는 상황을 보면 리안은 맥카시 공작에게 있어서 탐탁지 않은 존재였다.

설리번 뱅크를 포함한 다른 여러 가지 사업으로 부(富)를 거머쥐고 있는 맥카시 공작은 리안으로 인해 타운젠드 공작보다 상대적으로 타격이 클 수밖에 없었다.

큰 예로 뱅크의 손님을 상당수 빼앗겼고, 그중에는 십대 상단도 포함되어 있었다.

만약 리안이 타운젠드 공작과 손을 잡는다면 극단적인 방법을 동원할지도 모른다고 엘은 말했었다.

하지만 더 이상 숨죽이고 있을 수만은 없었다. 여전히 조심은 해야겠지만 이제는 드러내도 될 만한 자신감이 생겼다.

리안은 자신을 믿기로 했다.

"마리오네시는 어떤 곳입니까?"

뱅크의 지점 문제로 가본 적은 있지만 리안은 모른 척 백작에게 물었다.

고향 얘기가 나와선지 타운젠드 백작은 기분 좋은 얼굴로 여러 이야기를 들려주었다.

첫 만남임에도 불구하고 식사가 끝날 때까지 분위기는 무척 화기애애했다.

* * *

리안의 예상대로 리안과 타운젠드 백작의 만남은 맥카시 공작의 귀에 들어갔다.

마침 설리번과 칼리스타 뱅크에 대한 의견을 나누고 있던 공작은 굳은 얼굴로 보고를 받았다.

"공작 전하, 칼리스타 백작은 어차피 저희 쪽 사람이 될 수 없는 자입니다. 우리를 적으로 삼고 싶지 않았다면, 그는 조엘 상단의 요구를 마땅히 거절해야 했습니다!"

조엘 상단이 칼리스타 상단과의 결탁 후, 주거래 뱅크를 설리번에서 칼리스타 뱅크로 바꾼 것은 금전적 손해도 손해지만, 그보다는 자존심에 큰 타격을 입었다.

처음으로 뱅크의 최고 고객을 빼앗긴 것이기 때문이다. 십대 상단이 있는 한 설리번 뱅크는 건재할 거라고 여긴 그에게 그것은 그야말로 대충격이었다.

그건 설리번 뱅크의 고객들에게도 마찬가지였다.

분명 아직까지는 보유한 거대 고객의 수가 설리번 뱅크 쪽이 우세했지만, 이건 분위기 문제였다.

십대 상단 중에서도 상위에 속하는 조엘 상단이 움직였다는 사실에 모두가 촉각을 곤두세우며 주목했다.

설리번은 아직도 그 일만 떠오르면 이가 갈렸다.

더욱 화가 나는 건, 칼리스타 백작이 여기서 얼마나 더 클지 가늠하기가 어렵다는 것이었다.

그의 지나온 행보를 보면 도무지 짐작을 할 수가 없었다. 매번 새롭고 엄청난 일을 터뜨리는 자이기에 한시도 긴장을 풀

수가 없었다.

처음 칼리스타 뱅크가 생길 때만 해도 햇병아리라고 비웃었던 자신이거늘, 이제는 누구보다도 그를 경계하고 있었다.

"그동안 몇 번이고 말씀드리고 싶었습니다. 더 크기 전에 싹을 잘라 버려야 합니다!"

설리번은 그동안 마음속으로만 생각했던 것을 처음으로 입 밖으로 내뱉었다.

지금껏 방해가 되는 것이라면 그게 무엇이든 눈앞에서 치워 버리며 살아온 그다.

칼리스타 뱅크라고 예외가 될 수 없었다. 그쪽에서 먼저 밟고 올라서기 전에 선수를 쳐야 했다.

"설리번 경, 그 말씀은 칼리스타 백작을 없애자는 것입니까?"

이제껏 말이 없던 콘로이 자작이 신중한 음성으로 물었다.

당연한 그 물음에 설리번은 고개를 끄덕였다. 그러자 자작이 심각하게 말을 이었다.

"그게 그렇게 쉽게 결정할 수 있는 문제가 아닙니다. 칼리스타 백작은 이제 황후의 오라비가 되었습니다. 겁을 주는 것이라면 몰라도, 죽였다가는 큰 화를 당할 수도 있습니다."

"그런 거라면 걱정하지 마십시오. 아무런 증거도 남기지 않으면 되니까요."

설리번의 눈동자가 오랜만에 매섭게 번뜩였다. 눈엣가시인 칼리스타 백작을 처리한다는 생각만으로도 기분이 꽤 상쾌했다.

"……."

콘로이 자작은 아무런 말이 없는 공작이 불안했다. 설리번과 생각을 달리 한다면 벌써 어떤 말씀이 있으셔야 하기 때문이다.

맥카시 공작의 침묵은 설리번의 의견에 동조하는 것이나 마찬가지였다.

자신의 예감이 틀리기를 바라며 자작이 말했다.

"폐하께서는 은근히 집요하신 구석이 있습니다. 설리번 경께서 알고 계신지 모르겠지만, 로드리게즈 가문의 일을 아직까지 캐고 다니시는 분입니다."

"5년이나 된 일입니다. 조사만 하는 거지 알아낸 건 아무것도 없지 않습니까? 콘로이 자작님은 너무 걱정이 많으신 게 탈이십니다."

매사 신중한 성격의 콘로이 자작이 싫은 건 아니지만, 설리번은 가끔 답답할 때가 있었다. 어떻게 이런 온건한 자가 맥카시 공작의 사람이 된 것인지 신기할 뿐이었다.

"잘못된 결정으로 인한 화를 막을 수만 있다면 걱정이 많은 게 대수겠습니까? 다시 한 번 말씀드리지만, 칼리스타 백작은 이번 곡식 파동으로 인해 백성들의 신망이 자자한 인물입니다. 절대 함부로 건드려서는 안 됩니다."

자작이 아무리 반대를 한다 한들 결정하는 건 수장의 몫이었다. 설리번은 반박을 하려다가 괜한 힘 빼고 싶지 않아 말을 아꼈다.

그렇게 얼마나 지났을까.

생각을 마친 듯 맥카시 공작이 드디어 입을 열었다.

"나도 설리번과 같은 생각이네. 칼리스타 백작을 이대로 계속 놔뒀다가는 더 큰 피해가 올지 몰라. 조금 늦은 감이 있지만, 이제라도 처리하는 게 좋을 것 같네."

"공작 전하, 지금은 칼리스타 백작에게 많은 시선이 몰려있습니다. 시기라도 늦추시는 게……."

"자네 말도 일리가 있어. 하지만 그러다가 칼리스타 백작이 지금보다 크기라도 하면 더 곤란하지 않겠나? 그를 동원한다면 흔적도 남기지 않고 손쉽게 제거할 수 있을 거네."

"그라니요? 공작 전하, 그게……!"

누구냐고 물으려던 콘로이 자작의 입이 놀란 채로 벌어졌다.

"설마……, 그…… 자를 말씀하시는 겁니까?"

자작은 차마 그 이름을 입에 담을 수가 없었다. 맥카시 공작의 명으로 그가 직접 거둔 자이긴 하나, 자작에게 그는 잊고 싶은 존재였다.

10년 전쯤, 딱 한 번 보았을 뿐인데도 그자는 아직도 선명하게 자작의 머릿속에 각인되어 있었다.

최근 몇 년은 나아졌지만, 한동안은 그로 인해 밤마다 악몽을 꾸기도 했었다.

콘로이 자작이 강한 거부감을 드러낸 반면 설리번은 반색하며 공작의 명에 찬성했다.

"그것 참 좋은 생각이십니다. 그자의 능력이라면 분명 깔끔하게 처리할 수 있을 겁니다. 설사 흔적을 남긴다고 해도 저희와의 연관성이 없으니 걱정할 일도 없겠군요. 그동안 아껴둔 보람이 있습니다."

"그라면 아마 실패를 해도 겁 하나는 제대로 준 꼴이 될 거네. 아무리 강심장을 지닌 사내라도 무서움에 몸을 사리게 되겠지."

"맞습니다. 하오면 공작 전하, 날은 언제로 잡을까요?"

칼리스타 백작이 곧 사라질 거란 생각만으로도 설리번은 가슴속이 뻥 뚫리는 기분이었다.

공작이 실패라는 단어를 입에 올렸지만, 그가 나서는 한 결코 그런 일은 없을 거라고 설리번은 자신했다.

"그건 자네가 그와 알아서 잘 상의해 보게. 칼리스타 백작의 호위가 만만치 않다고 하니 이것저것 많이 따져 봐야 할 것이네."

"어린놈이 무슨 겁이 그리 많은지 모르겠습니다."

평상시 리안이 데리고 다니는 호위의 수는 라키아를 포함해서 열 명 정도였다.

영지 내에선 되도록이면 라키아나 스캇과 간편하게 다니는 편이지만, 황도에서는 남들 시선도 있고 해서 일부러라도 그러는 편이었다.

아마도 그것이 설리번의 눈에는 겁쟁이로 보인 듯했다.

"참, 그 위조검색기 말이네. 전에 설리번 자네가 그랬지? 마법이 아니고서야 그런 걸 무슨 기술로 만들 수 있냐고."

"네, 제가 그렇게 말씀드린 적이 있습니다."

칼리스타 뱅크에서 위조검색기란 것이 나온 지 2년이 흘렀지만, 아직 다른 뱅크에선 흉내조차 내지 못하고 있었다.

더욱 정교해진 수표와 까다로운 확인 절차로 위조 사고 건수를 줄이고는 있으나 지금도 완벽한 것은 아니었다.

위조범들의 수법도 나날이 발전하고 있었고, 수표 확인에 걸리는 시간이 너무 긴 탓에 고객들의 불평이 끊이지 않고 터졌다.

이제는 칼리스타 뱅크를 무력으로 털어서라도 검색기를 훔쳐내야 할 판인 것이다.

"아무래도 자네의 그 말이 맞는 듯하네. 우린 애초부터 마법을 전혀 고려하지 않았기 때문에 그 실마리를 풀지 못한 것이야. 아카데미에 황실 마법사를 내준 것처럼 위조검색기에도 황실의 개입이 있지 않았나 싶네."

"공작 전하, 말씀 중에 죄송하지만 그러기엔 시기가 조금 애매하지 않습니까? 칼리스타 백작이 폐하를 만난 건 칼리스타 뱅크를 차린 이후일 텐데요."

콘로이 자작이 알기로 황제가 칼리스타 백작을 궁으로 초대한 건 수표 발급 이후였다.

공작의 추측이 맞으려면 칼리스타 백작과 황제가 이전부터 알고 있던 사이라는 전제가 깔렸다. 아니면 만나게 된 직후에 이야기가 오고갔던가.

"콘로이 자작, 그들이 언제 어떻게 만났는지는 나에겐 중요하지 않네. 황실 마법사의 개입이 중요한 거지."

"맞습니다! 그리고 만약 정말 황실의 도움이 있는 거라면 이대로 가만히 있을 수는 없습니다. 이건 불공평한 처사가 아닙니까?"

마법 아카데미와는 차원이 다른 문제였다.

아카데미의 경우 마법의 부흥을 위해서라는 취지라는 것이 있지만, 위조검색기는 모든 뱅크를 제외하고 오직 칼리스타 뱅크에게만 이득을 가져다주는 것이었다.

모든 제국민들에게 공평해야 할 황제가 사사로이 일처리를 했다는 건 지탄받아 마땅할 일인 것이다.

"황제가 영토 시찰 겸 황후의 친정을 방문한다고 하니, 다녀온 이후에 이 문제를 꺼내 봐야겠네. 자네는 일단 조금 전 지시한 일에만 신경 쓰게나."

"네, 공작 전하. 조만간 보고 올리겠습니다."

대답하는 설리번의 입가가 비웃듯 말려 올라갔다.

그의 손에 칼리스타 백작이 짓이겨질 것을 생각하니 상상만으로도 즐겁고 통쾌했다.

감히 자신을 건드린 대가였다. 칼리스타 백작은 이번에 그 값을 톡톡히 치러야 할 것이다.

제10화
금안의 마법사

In Kallistar

성의 안살림만으로도 알만은 충분히 바쁜 사람이었다. 영지 재정 담당은 물론이고, 하인 인사, 관리, 감시 등 하루에 작성하는 보고서의 수만 해도 장난이 아니다.

몸이 두 개라도 모자랄 판에 요즘은 신경 써야 할 게 하나 더 늘었으니, 아카데미의 개교 문제였다.

엄선해서 뽑은 운영진들이 있긴 하지만, 알만이 워낙 공사 때부터 관리감독을 해왔기에 도움을 줄 부분이 많았다.

다행인 점은 리안의 회복 마법으로 인해 알만이 과중한 업무량에도 불구하고 지금까지 아무런 탈 없이 제때 일처리를 하고 있다는 것이었다.

그런 사정을 모르는 주변에서는 알만의 체력이 젊은 사내들보다 좋다며 수군거렸고, 간혹 비결 좀 알려달라고 문의를 하는 자들도 있었다.

똑똑.

"영주님, 접니다."

아침 식사 후 알만은 바로 리안의 집무실을 찾았다. 아카데미의 입학식이 바로 내일로 다가왔기에 리안은 요사이 대부분의 시간을 성에서 보내고 있었다.

"응, 들어와."

리안이 혼자일 거라고 생각하고 들어간 자리에는 며칠 전 소개받은 에나벨이라는 여인이 있었다.

정보 길드의 마스터라고 하면 왠지 날렵한 체구에 차가운 인상을 지닌 중년 남성의 이미지를 상상하고 있던 알만은 에나벨을 보고 깜짝 놀랐었다.

무표정한 얼굴과 날카로운 눈매, 분위기 등은 언뜻 공감이 갔지만, 이토록 젊고 아름다운 여인일 거라고는 생각하지 못했기 때문이다.

역시나 선입견이라는 건 믿을 게 아니라는 걸 다시 깨닫는 알만이었다.

귀족들의 최근 동향에 대해 보고를 올리고 있던 엘은 알만의 등장에 말없이 목례를 보냈다.

실제로 대면한 것은 불과 며칠밖에 되지 않았지만, 엘은 리안이 알만을 얼마나 신뢰하고 있는지 함께 있는 모습만으로도 알 수 있었다.

그녀가 보기에도 알만은 집사로서 과분할 정도로 훌륭했고, 영주인 리안을 진심으로 아끼며 보필하는 것 같았다.

"밤새 안녕히 주무셨습니까?"

알만은 들어서자마자 리안에게 아침 인사를 올렸다.

"덕분에 나야 잘 잤지. 식사는?"

"조금 전에 먹었습니다."

유독 하인들의 먹을거리에 신경을 많이 쓰는 영주였다. 그 마음 씀씀이에 오늘도 감사해하며 알만이 엘을 돌아봤다.

"잠자리가 불편하지는 않았습니까?"

"아니요, 아주 편하게 잘 잤습니다."

"언제든 불편하신 점이 있으면 말씀해 주십시오. 바로 시정하겠습니다."

자신에게도 깍듯이 손님 대접을 하는 알만에게 엘은 고맙다는 뜻으로 작은 미소를 건넸다.

"그런데 아침부터 무슨 일이야?"

알만과 약속한 회의는 점심에나 있을 예정이었다. 엘의 보고가 끝나면 바로 세린느를 만나기로 했기 때문에 리안은 별로 시간이 없었다.

"젠킨스의 일로 말씀드릴 게 있어서 왔습니다."

"젠킨스?"

젠킨스라면 리안이 알렌 마을에 갔다가 부러진 다리를 치료해 준 소년이었다. 갑자기 녀석의 이름이 나오자 리안은 어리둥절했다.

"어제 제게 그룬버그가 직접 상의하러 왔었습니다. 젠킨스를 아카데미에 입학시킬 수 없겠냐면서. 녀석의 꿈이 기사가 되는 거라고 했답니다."

"아, 그러고 보니……."

처음 젠킨스를 보았을 때 녀석의 어머니가 울면서 말했었다. 자신의 아들은 기사가 꿈인 아이라고.

그간 황도의 일로 바빠 성에 자주 오지 못한 탓인지 까맣게 잊고 있었다.

"그룬버그 말이 학비는 자신이 내겠답니다. 그러니 학생으로 뽑아만 달라고 하네요. 제게 그럴 권한이 없다고 거절하긴 했는데, 혹시나 해서 말씀드리는 겁니다."

"그룬버그가 학비까지 대줄 정도로 젠킨스와 각별한 사이일 줄은 몰랐는걸."

다른 아카데미에 비해 학비가 싼 편이긴 하지만, 그렇다고 가족도 아닌 남의 학비를 턱 내줄 만큼 적은 금액도 아니었다.

물론 리안의 대장간을 맡고 있는 그룬버그이니 그럴 능력이 충분히 있기는 했다.

하지만 능력이 된다고 해서 모두가 실천에 옮기는 것은 아니다.

리안은 그룬버그의 선한 마음에 내심 감동했다.

"만약 입학이 가능하다면, 나중에 젠킨스가 기사가 됐을 때 이자까지 다 받아낼 생각이랍니다."

"그룬버그에게 그럴 필요 없다고 전해. 몰랐다면 모를까, 알았는데 그럴 수는 없지."

"영주님께서 그렇게 말씀하실 줄 알았습니다. 그럼 장학생 명단에 젠킨스도 올리도록 하겠습니다."

"응, 알만이 알아서 해."

"그럼 전 나가보겠습니다."

알만으로 인해 아직 용무를 끝내지 못한 엘이 자리를 지키고 있었다. 알만이 미안하다는 듯 엘에게도 가벼운 눈인사를 건넨 후 밖으로 나갔다.

"자, 그럼 우린 하던 거 계속할까요?"

리안의 화사한 웃음에 잠시 정신이 팔렸지만, 엘은 얼른 보고서로 눈길을 내리며 남은 보고를 시작했다.

"어제 오후, 아들의 입학식에 참석하기 위해 모란 남작 내외가 시내에 도착했습니다. 남작의 아들은 열여섯 살로 마법학부에 지원한 상태입니다."

"맥카시 공작 쪽은 모란 남작이 마지막인 건가요?"

"아마도 그런 것 같습니다."

"그럼 총 세 명이라는 얘기군요."

"네, 그들 모두 마법학부에 지원한 자녀들 때문에 어쩔 수 없이 방문한 듯합니다. 모란 남작도 다른 귀족들처럼 도착하자마자 아들이 머물 집부터 알아보았다고 합니다."

아카데미의 학생이라면 신분을 막론하고 모두가 기숙사 생활을 하는 것이 원칙이었다.

그것은 리안의 아카데미뿐 아니라 제국의 모든 아카데미에 해당되는 사항이었다. 그래야만 아카데미의 생활에 충실할 수가 있기 때문이다.

그런데 리안의 영지에 방문하는 귀족들은 전부 약속이라도 한 듯 가장 먼저 저택을 수소문했다.

이유 같은 건 굳이 묻지 않아도 상상할 수 있었다.

아마 그들은 생각했을 것이다.

이런 촌구석에 세워진 아카데미 따위에 제대로 된 시설이 갖추어져 있을 리가 없다고. 절대 자신의 자식들과 천한 평민을 같은 곳에서 머물게 할 수 없다고.

이미 충분히 예상하고 있었기에 리안은 사전에 아예 그럴 가능성을 다 막아 버렸다.

그들이 아무리 뒤져봤자 리안의 영지 내에서 저택 같은 건 찾아낼 수 없을 것이다.

여기가 황도라면 또 모를까. 이곳에서 그들은 모두가 리안의 시야 안에서 움직일 수밖에 없었다.

"아무래도 내일 입학식이 끝나면 학부모들에게 잠시 기숙사를 개방하든가 해야겠습니다. 직접 눈으로 확인을 시켜줘야 안심을 하고 돌아갈 테니까요."

"좋은 방법이십니다. 다들 깜짝 놀라겠군요."

엘은 영지에 도착한 첫날 아카데미 구경을 나섰다. 그녀가 아는 한 세이프리드 아카데미의 기숙사는 다른 시설도 마찬가지지만 제국의 어떤 아카데미도 따라올 수 없다고 자신했다.

"참, 백작님이 요구하셨던 입학생들의 신상정보입니다. 주목해야 할 학생들은 특별히 따로 구별해 놓았습니다."

"역시 빠르네요."

리안은 흡족한 얼굴로 엘에게서 보고서를 건네받았다. 대충 훑어보니, 어디 출신이며 누구의 자녀인지에 대한 것 등 상당히 꼼꼼하게 적혀 있었다.

"십대 상단 주인들의 자식이나 손자, 손녀들이 꽤 많이 입학한 것으로 보입니다. 조엘 님께서도 손자를 둘이나 보내셨더군요."

"그것도 둘 다 마법학부에 말입니다."

조엘의 손자가 마법학부에 입학한 것은 리안도 이미 알고 있었다. 아카데미의 창설 소식을 듣고 반가워하며 조엘이 먼저 부탁을 해왔던 것이다.

사업 파트너로서 서로 좋은 관계를 유지하고도 있지만, 리안을 대하는 조엘의 태도는 유독 각별했다.

리안은 그것이 아사 때문이 아닐까 홀로 조심스럽게 짐작할 뿐이었다.

“조엘 님의 입장에선 잘한 선택이라고 생각합니다. 역시 운이 따르시는 분 같습니다.”

“좋은 분이니 운도 따르는 것일 겁니다. 그나저나 요즘 타운젠드 공작 측은 어떤가요? 여전히 바다향기의 마법사에 대해 캐고 다니나요?”

“이미 바다향기의 주인이 백작님이라고 단정 지은 눈치입니다. 마법사의 존재는 황실 마법사라고 확신하는 것 같고요.”

“반은 맞췄네요.”

아카데미를 열면 어느 정도 의심을 할 거라고 생각은 하고 있었다.

마법사의 정체가 자신인 것만 드러나지 않으면 되니 크게 신경 쓸 일은 아니었다.

“폐하께서는 예정대로 이틀 후면 도착하실 것 같습니다. 현재 레이단시 근처에 머물고 계신 듯합니다.”

“당분간 에나벨이 바쁘겠군요.”

“마땅히 제가 해야 할 일입니다.”

지금 리안의 영지에는 아카데미가 개교하고 엄청난 사람들이 몰려들고 있었다. 그리고 그런 곳으로 이틀 후면 황제와 레지나가 도착한다.

근위 기사단과 황궁 제1기사단이 합동 호위를 한다지만, 상황이 상황인 만큼 리안으로선 불안하지 않을 수 없었다.

“힘들더라도 당분간은 좀 더 신중을 기해 주십시오. 귀족이든 평민이든 수상한 기미가 보이면 즉각 연락하시고요.”

“너무 염려하지 마십시오. 아카데미 근교와 본성 근처, 시내 구석구석까지 길드원이 퍼져 있는 상태입니다. 치안대까지 동원하였으니 불순한 무리가 있다면 그리 쉽게는 움직일 수는 없을 겁니다.”

엘에게 맡긴 이상 그녀를 믿는 게 리안이 할 수 있는 최선이었다.

그녀에게 사소한 보고 몇 가지를 더 들은 후, 리안은 내일 입학식 일정을 점검하기 위해 세린느와의 약속 장소로 향했다.

바야흐로 내일은 리안이 그렇게 바라고 소망하던 아카데미가 정식으로 출범하는 날이었다.

모두의 기대감 속에서, 리안 역시 다가올 아침을 생각하며 흥분되는 가슴을 감추지 못했다.

*　　　*　　　*

입학식은 오전 11시 경에 치러질 예정이지만, 이른 아침부터 아카데미의 정문 앞은 많은 사람들로 붐비고 있었다.

원래는 학생이나 관계자가 아니면 아카데미 안으로는 들어갈 수 없는 게 규칙이었다.

하지만 개교 후 첫 입학식인 만큼 리안은 영지를 방문한 사람들을 위해 오늘 하루만 구경할 수 있는 특혜를 주었다.

기숙사나 학부 건물에는 자물쇠가 채워져 있어 들어갈 수 없지만, 식당이나 매점과 같은 편의 시설은 충분히 이용할 수 있었다.

커쉬너와 서머는 그런 아카데미와 조금 떨어진 식당에서 서로 마주앉은 채 아침을 먹고 있었다.

둘 모두 마법학도답게 엄청난 경쟁률을 뚫고 당당히 세이프리드 아카데미의 마법학부에 합격했다.

내일이면 황실 마법사를 직접 눈으로 볼 수 있다는 사실에 그들은 벌써부터 무척 들뜬 상태였다.

"엇? 형, 잠깐 저기 좀 봐."

시선을 바깥으로 향한 채 음식을 먹는 둥 마는 둥 하던 서머의 눈에 갑자기 주변과는 전혀 어울리지 않는 사람이 등장했다.

"뭐가?"

마찬가지로 깨작깨작 수프를 떠먹던 커쉬너가 스푼을 내려놓으며 그곳으로 고개를 돌렸다. 그리고 그도 서머와 똑같은 소리를 냈다.

"엇?"

그런 둘의 시선을 느낀 것일까?

제법 거리가 떨어져 있었음에도 상대가 커쉬너와 서머를 향해 천천히 돌아섰다. 그리고 표정에 반가움이 서리는가 싶더니 둘을 향해 성큼성큼 걸어왔다.
"커쉬너!"
미모만큼이나 고운 목소리를 지닌 그녀는 바로 레베카였다. 활동하기 편한 간단한 옷차림을 하고 있지만 여전히 그녀에게선 빛이 났다.
세 갈래로 땋은 머리를 찰랑거리며 밝게 인사하는 그녀는 사람들의 눈에 마치 천상에서 내려온 천사처럼 보였다.
"누나! 여긴 어쩐 일이야?"
커쉬너와 레베카는 부모의 친분 때문에 어려서부터 알아온 사이였다. 커쉬너가 벌떡 일어나 밖으로 뛰어나갔다.
"여행에서 돌아왔다는 말은 들었어. 여긴 혼자 온 거야?"
레베카의 주변에는 호위기사만 있을 뿐 일행으로 보이는 사람은 아무도 없었다. 커쉬너는 그녀의 방랑벽이 또 도졌음을 짐작할 수 있었다.
"나야 뭐 늘 그렇지. 넌 보나마나 아카데미에 입학했겠지?"
커쉬너는 레베카가 알고 있는 몇 안 되는 마법학도였다.
열세 살 때의 일이었나?
갑자기 뜬금없이 무예를 그만두더니 그날부터 마법을 배우겠다고 선포했다.
이후로 5년이 지난 지금 커쉬너는 1서클의 마법사도 되지 못했지만 레베카는 진심으로 응원했다.
커쉬너가 천재는 아닐지 몰라도 녀석의 끈기라면 반드시 훌륭한 마법사가 될 거라고 생각하기 때문이다.

"안에 일행이 있어. 누나도 들어가자."

"식사 중이었어?"

"응, 누나도 전이지?"

"안 그래도 지금 식당 찾는 중이었어. 통 자리가 없더라고. 덕분에 이제야 먹게 되었네."

레베카는 흔쾌히 커쉬너를 따라 식당으로 들어섰다. 호위기사들까지 앉을 만한 자리가 없었기에 그녀가 미안한 표정을 지었지만 그들은 상관하지 않는 눈치였다.

"서머, 누군지 말 안 해도 알지? 누나, 여긴 서머 드 모란. 나랑 이번에 같이 입학하게 된 동생이야."

"만나서 반가워요."

"저야말로 뵙게 되어 영광입니다."

어린 서머의 눈에도 레베카는 정말 예뻤다. 타운젠드 공작의 손녀이면서도 모란이라는 이름을 듣고 전혀 개의치 않는 것으로 보아, 그녀도 커쉬너 형처럼 가문에 구애 없이 사람을 사귀는 타입임을 알 수 있었다.

"어제 시내에서 모란 남작님을 뵈었어요. 아드님께서 아카데미에 입학하셨다고 하더니, 이렇게 보게 되네요."

"제가 어린애도 아닌데 여기까지 따라오셨지 뭐예요."

서머는 조금 멋쩍은 듯 웃었다.

그때 종업원이 주문을 받으러 그들에게로 왔다.

“같은 걸로 주세요.”

“네에……. 자, 잠시만 기다리십시오…….”

레베카의 미모에 넋이 나간 듯 종업원의 얼굴이 빨개져서는 말까지 더듬거리며 침을 꿀꺽 삼켰다.

그제야 주변을 둘러보니 모든 시선들이 레베카에게 쏠려 있다는 걸 알 수 있었다.

커쉬너와 서머가 그 시선에 불편해한 반면, 당사자인 레베카는 아무렇지도 않다는 듯 이야기를 주도했다. 이미 그녀에게는 익숙한 일인 듯했다.

어느 틈에 자리가 난 것인지 레베카의 호위기사들도 일행의 뒤쪽 테이블에 자리를 잡고 식사를 하고 있었다.

“참, 커쉬너. 아카데미에 입학하면 나 기숙사 구경 좀 시켜줄래?”

“기숙사?”

“응, 거긴 학생들밖에 들어갈 수 없다며. 나 궁금한 거 못 참는 거 알지?”

아직 리안의 영지를 다 돌아본 건 아니지만 레베카는 이곳이 어느 도시 못지않음을 한눈에 파악했다.

여러 도시를 가봤지만 이처럼 훌륭한 도시를 그녀는 별로 본 적이 없었다.

황도에 버금갈 정도로 잘 정비된 도로와 예술 작품과도 같은 멋진 건물들. 볼거리도 풍부했고, 무엇보다 치안이 아주 훌륭했다.
제국의 변방에 위치한 탓인지 이국적인 자연 풍경도 시선을 끄는 데 한몫 했다.
그러나 뭐니 뭐니 해도 가장 놀라운 점은 이 모든 것을 칼리스타 백작이 계획했다는 것이었다.
이건 계획하지 않고는 이뤄낼 수 없는 성과였다.
이곳은 제국의 변방이고, 그동안은 사람들의 이목을 끌지 못하는 곳이었다. 당연히 그런 곳에 인구가 몰리면 말썽이 생길 수밖에 없는 것이다.
그런데 이곳은 레베카가 보기에 너무나도 잘 돌아가고 있었다.
돈이 없어 노숙을 할지언정 잠잘 곳이 없어 노숙을 하는 사람은 없다는 말이다.
식당, 술집, 잡화점 할 것 없이 마치 모두가 기다리고 있던 것처럼 두 팔 벌려 손님들을 환영하고 있었다.
'칼리스타 백작.'
평민을 위한 뱅크라는 것을 만들었을 때부터 특이하다는 생각을 하긴 했지만, 이제는 관심이 간다.
어린 나이에도 불구하고 이처럼 생각이 깊을 수가 있다는 게 그녀는 놀라웠다.
이제껏 칼리스타 백작처럼 그녀의 관심을 끄는 남자는 없었다.

“그런데 말이야. 누나가 잊어버린 것 같은데, 나 남자거든.”
“갑자기 무슨 소리야?”
기숙사 좀 구경시켜 달라는 말에 뜬금없이 무슨 소리인지 레베카가 눈을 동그랗게 떴다. 그러자 커쉬너가 한숨을 쉬며 말했다.
“나는 남자. 누나는 여자. 고로 누나는 기숙사에 들어올 수 없다는 얘기지.”
“남자 기숙사엔 여자가 들어갈 수 없어?”
“당연한 거 아니야? 누나가 다녔던 아카데미는 아니었어?”
“글쎄……. 내가 가본 적이 없어서 모르겠네.”
잠시 생각해 보았지만 정말 가본 적이 없기에 레베카로선 알 수가 없었다. 졸업한 아카데미를 다시 찾아갈 수도 없는 노릇이었다.
“식사 나왔습니다. 맛있게 드십시오.”
그때 주문한 음식이 나왔다. 재밌는 건 분명 레베카가 일행과 같은 음식을 주문했는데, 비슷하면서도 어딘지 다르게 생긴 음식이 테이블 위에 놓였다.
늘어난 양도 양이지만 들어간 재료의 가짓수가 몇 개는 더 많았고, 어떤 양념을 넣었는지는 몰라도 소스의 색과 풍기는 향까지 훨씬 맛깔스러워 보였다.
그것을 아는지 어쩐지 종업원을 향해 산뜻한 미소를 지으며 레베카가 식사를 시작했다.

막 들어온 키가 큰 남자만 아니었더라면 종업원은 그 자리에서 두고두고 레베카가 먹는 모습을 지켜볼 정도로 몽롱한 표정을 하고 있었다.

"제일 간단한 걸로."

남자는 커쉬너 일행의 옆 테이블에 홀로 자리를 잡고 앉았다. 문을 열고 들어올 때부터 느꼈지만, 장신의 남자가 옆을 지나치자 뜻 모를 압박감 같은 것이 느껴졌다.

레베카와는 다른 이유로 식당의 모든 시선이 다시 한 번 한곳으로 쏠렸다.

그 시선들 때문인지 남자가 잠시 고개를 들어 식당 안을 둘러봤다. 그러자 사람들이 급히 몸을 움츠리며 남자의 눈길을 피했다.

레베카와 그런 남자의 눈이 허공에서 마주쳤다.

"……?"

그런데 착각일까.

사내의 한쪽으로 길게 늘어뜨린 앞머리 사이로 언뜻 붉은색 빛이 스치고 지나갔다.

온통 검은색 물결로 치장한 남자에게서 잠시지만 붉은빛이 반짝이자 레베카는 야릇한 기분에 휩싸였다.

그리고 그 순간 마치 그것을 알기라도 하듯 드러난 남자의 한쪽 눈에 찬웃음이 서렸다. 까만색 눈동자가 왠지 섬뜩했다.

처음 받아보는 차가운 시선 때문인지 레베카는 자신도 모르게 얼굴이 굳어졌다.

남자는 그러거나 말거나 관심을 잃은 듯 곧 다른 곳으로 고개를 돌려 버렸다.

남자가 식사를 마치고 식당을 먼저 나설 때까지 그녀가 볼 수 있었던 건, 목 뒤에서 하나로 묶인 남자의 긴 회색 머리카락뿐이었다.

*　　　*　　　*

아카데미의 입학식은 많은 인원을 수용할 수 있는 대강당에서 치러졌다.

대강당에 처음 발을 들여놓자마자 사람들은 모두 넋을 잃고 돔 모양의 천장을 올려다봤다.

강당의 벽마다 새겨진 웅장한 벽화도 대단하지만, 천장에 그려진 화려한 그림들은 아름다움의 극치였다.

오색찬란한 색감하며 비슷한 듯하지만 각기 다른 여러 그림들이 조금의 위화감도 없이 사람들로 하여금 탄성을 자아내게 했다.

입학생들은 강당의 중앙에 마련된 의자에 각 학부별로 자리를 잡고 앉았다.

왼쪽은 아카데미의 시작을 축하해 주러 온 귀빈들의 자리였고, 단상의 의자들은 리안과 선생, 주요 운영진들의 자리였다.

학부모들은 강당의 오른편에 마련된 의자에 앉거나 구경 온 사람들과 함께 강당의 뒤쪽과 이층에서 입학식을 볼 수 있었다.

사람들이 얼마나 많이 몰려들었는지 강당 안으로 들어오지 못한 사람들의 아우성이 강당 안까지 시끄럽게 울릴 정도였다.

다행히 귀빈들과 단상 위에 오를 사람들은 단상 옆에 난 문을 통해 들어올 수 있었다.

자리가 채워지고 드디어 입학식이 악단의 연주와 함께 시작되었다.

사회자의 진행에 따라 순서대로 식이 흘러가고, 리안이 앞에 나서야 할 차례가 왔다.

"그럼 이사장이신 칼리스타 백작님을 소개하겠습니다."

사회자의 소개에 귀빈들과 학생들, 학부모를 비롯한 모든 이목이 일시에 단상 위로 쏟아졌다.

리안이 평소 잘 모습을 드러내지도 않거니와, 아카데미를 만든 장본인인 만큼 호기심에 찬 시선들이 무척 강렬했다.

"……."

리안은 약간 부담스러웠지만 미소 띤 얼굴로 교탁 앞으로 걸어가 섰다. 그리고 잠시 장내를 돌아본 후 인사했다.

"인사드립니다. 아드리안 폰 칼리스타 백작입니다."

"와아아아아!"

갑자기 학생들 사이에서 환호성이 터져 나왔다. 손가락을 입에 넣고 휘파람을 부는가 하면, 양손을 입에 대고 소리를 치는 등 열띤 환영으로 리안을 맞았다.

생각해 보면 이곳에 모인 대부분의 학생들이 원래는 아카데미에 입학조차 할 수 없는 이들이었다.

그들에게는 눈앞의 리안이 지금의 그들을 있게 한 주인공인 셈이다. 그러니 어찌 환호하지 않을 수 있겠는가.

더욱이 리안은 기회를 주었을 뿐만 아니라, 최고의 선생과 최고의 환경까지 만들어 주었다.

앞으로 그들의 머릿속에 리안이란 존재는 길이길이 오래도록 좋은 기억으로 남을 이름이었다.

그런 학생들과는 달리 귀빈석의 반응은 가지각색이었다. 묵묵히 고개를 끄덕이는 자, 노골적으로 인상을 쓰는 자, 이도저도 아닌 무표정한 자들까지.

리안은 상관하지 않고 담담한 목소리로 연설을 시작했다.

"세이프리드 아카데미의 교육 목표는 평등입니다. 아카데미 내에서는 신분에 상관없이 누구라도 평등하게 교육을 받을 것이며, 오로지 실력 위주에……."

리안은 지금껏 살아오면서 아카데미를 열고 싶어했던 자신의 마음을 숨기지 않고 차근차근 사람들 앞에 나열했다.

알만이 그런 리안을 자랑스럽게 지켜보았고, 라키아와 아사가 조금은 지루하다는 듯 멍하니 바라보고 있었다.

'응?'

아사의 귀가 쫑긋거린 것은 그때였다.

"……!"

라키아도 황급히 강당의 오른편을 향해 몸을 획 돌렸다.

쩌저적.

사람들에게 가려져서 보이지는 않지만 분명 벽에 금이 가는 소리였다.

미세하지만 그곳으로부터 불길한 소리가 점점 퍼지고 있었다.

벽이 무너지면 천장이 무너지는 것은 너무도 당연한 사실이다. 더구나 지금 이곳에는 지나다니기도 힘들 만큼 많은 사람들이 모여 있었다.

한마디로 대형 사고가 터질지도 모르는 것이다.

"아사!"

라키아는 자신도 모르게 아사의 이름을 외치며 그곳을 향해 달렸다. 벽이 무너지기 전에 자신의 힘으로 어떻게든 해보려는 심산이었다.

되다 만 고양이의 도움 같은 건 솔직히 바라지 않지만, 지금은 녀석이라도 필요했다.

수련이나 하라고 단원들을 데리고 오지 않은 것이 후회스러웠다.

"꺄아아악!"

하지만 발견이 너무 늦었던 것일까, 아니면 너무 급작스럽게 일이 진행된 것일까.

우지끈, 하는 소리와 함께 강당의 한쪽 기둥이 부러지며 부근의 벽이 와르르 무너졌다.

"아아아아악!"

"사람 살려!"

고함과 비명이 터져 나오며 강당의 오른쪽이 한순간에 아수라장이 되었다.

한편, 한창 연설에 몰두하고 있던 리안은 마나 장악력에 이상한 기운을 느꼈다.

이제는 굳이 일부러 마나를 사용하지 않아도 저절로 느껴질 때가 있는데, 지금이 바로 그랬다.

그런데 느낌이 무척 생소했다.

마나에서 어째서 이토록 음산한 느낌이 전해지는 건지 리안으로서도 이해할 수가 없었다.

우지끈!

와르르 벽이 무너진 것은 그때였다.

불길한 마나의 기운에 리안이 미처 어떤 대응도 하기 전에, 강당의 한쪽 기둥이 꺾이며 연쇄 반응처럼 벽이 우르르 쏟아졌다.

"……!"

리안의 안색이 한순간 굳어졌다.
위기감과 동시에 자연스레 몸에서 마나가 끌어 올랐다.
찌릿!
그 순간 조금 전 느꼈던 음산한 마나가 리안의 몸으로 불쑥 스며들었다.
'홀드 마법?'
밧줄로 묶인 것처럼 갑자기 몸이 뜻대로 움직이지 않았다.
"으아아악!"
"천장이 무너진다!"
누군가의 말처럼 커다란 돌무더기들이 바닥으로 떨어지고 있었다.
마치 느린 그림처럼 리안의 눈으로 그런 일련의 상황들이 들어왔다.
"다들 얼른 밖으로 피하세요!"
"당장 나가!"
라키아와 아사의 모습이 보였다. 둘은 사람들이 다치지 않게 두 주먹과 다리를 이용해 천장에서 떨어지는 것들을 쳐내고 있었다.
강당 전체가 혼란에 휩싸였다.
멀쩡한 곳에 있던 사람들마저 혼비백산하며 밖으로 나가기 위해 몸부림을 쳐댔다.
애초에 너무 많은 사람들이 강당 안에 들어온 것부터가 실

수였다. 넘어진 사람 위로 다시 또 다른 사람이 넘어지고, 그 위를 누군가 밟고 또 밟고…….

전쟁터도 이보다는 나을 정도로 상황은 처참했다.

"리안!"

그때 라키아와 아사의 고함소리가 들려왔다. 동시에 리안이 서 있는 단상 뒤쪽의 벽에서도 금이 가는 소리가 들려왔다.

"……."

리안의 눈이 오랜만에 차갑게 식었다.

서서히 마나를 끌어올리며 마나 장악력을 통해 수상한 기운의 정체를 찾기 시작했다.

팍—!

홀드 마법은 너무도 가볍게 공기 중으로 사라졌다.

"헉!"

우왕좌왕하는 사람들 틈에서도 유독 리안을 힐긋거리기 바빴던 한 사내가 흠칫하며 어깨를 떨었다.

리안이 한순간에 홀드 마법을 풀어냈다는 것을 느낀 것이다.

사내, 아니 키넌의 눈동자가 찢어질 듯 커졌다.

리안과 눈이 마주친 것도 그때였다.

황금색으로 변해 버린 리안의 그 눈빛에 키넌은 마치 자신이 홀드 마법에라도 걸린 것처럼 꼼짝할 수가 없었다.

리안은 냉정하려고 애썼다.

지금 급한 건 강당 안에 갇힌 사람들이었다. 의문의 사내에게서 잠시 눈을 떼고 리안은 서둘러 강당의 중앙으로 이동했다.

"저, 저길 보세요!"

"뭐, 뭐야!"

혼란한 와중에서도 허공에 뜬 리안의 모습이 시선이 끌었다. 리안은 아랑곳하지 않고 마법을 시전했다.

"월 오브 어스!"

리안의 금빛 마나가 무너지는 벽들 앞으로 쏘아졌다.

그그그그극.

땅이 진동했다.

사람들이 지진이라도 난 줄 착각하는 그 순간,

콰아아악!

바닥을 뚫고 거대한 흙벽이 지면 위로 솟구쳐 올랐다.

"으아학!"

놀란 사람들의 비명소리가 여기저기서 터졌다.

기존의 벽보다 두세 배는 두꺼운 거대한 흙벽이 무너지는 벽들에게서 안전하게 사람들을 보호했다.

"토네이도!"

천장에서 무서운 속도로 바닥으로 떨어지던 돌무더기들도 갑자기 나타난 회오리바람에 이끌려 하나도 남김없이 하늘로 날려 올라갔다.

"사, 살았다! 살아났다!"

방금 전까지만 해도 이대로 죽는 건가 싶었던 사람들의 얼굴에 감격이 떠올랐다.

다리에 힘이 풀려 주저앉아 눈물을 흘리는 자, 흩어진 가족을 찾는 사람, 다친 몸을 살피는 자 등 다들 자신들의 무사함에 참고 있던 안도의 한숨을 내쉬었다.

그때 허공에 떠 있던 리안이 서서히 아래로 내려왔다.

바람에 휘날리는 까만 머리칼 사이로 리안의 황금빛 눈동자가 유독 빛을 발했다.

살았다는 기쁨도 잠시, 리안이 마법사라는 사실에 다시 사람들이 숨을 죽였다.

확실하게는 알지 못해도, 하늘에 뜬 채 거대한 흙벽을 만들고, 회오리를 생성하는 것은 절대 보통의 마법사가 할 수 있는 것이 아니었다.

황실 마법사들이 핑계를 대고 입학식에 참석하지 않았기에 망정이지, 아마 있었다면 깜짝 놀라 심장마비를 일으켰을지도 모를 일이었다.

리안이 내려선 곳은 반쯤 정신이 나간 듯한 얼굴로 주저앉아 있는 웬 사내 앞이었다.

사십 대 정도 되었을까?

너무도 평범하게 생긴 사내의 전신에서는 리안이 이전까지는 전혀 느껴보지 못한 음침한 기운이 흘러나오고 있었다.

리안이 물었다.

"너는 누구냐?"

오늘의 입학식을 망쳐 버린 사내.

참고 있던 리안에게서 분노가 터졌다.

다시금 리안의 눈동자가 황금빛으로 물들며 금빛 마나가 솟구쳤다.

'이것은……!'

대강당 뒤쪽 이층 부근에서 그 모습을 처음부터 끝까지 지켜보던 장신의 남자가 눈을 번쩍 뜬 것도 그때였다.

리안의 몸에서 뿜어져 나오는 절대 기운!

그 마나의 기운에 남자는 자신도 모르게 몸을 부르르 떨었다.

『마법군주』 5권에서 계속

『흑마법사 무림에 가다』의 베스트 작가

박정수 판타지 장편소설

제왕록

무장편

박정수 판타지 장편소설

FANTASYSTORY & ADVENTURE

삼만 년 동안 대륙의 일통을 꿈꾼 자는 많았다.
그러나 그 꿈을 이룬 자는 오직 한 명뿐!

신분의 굴레를 벗기 위해 전장으로 향하는 칼스.
그것이 기나긴 대륙 통일 전쟁의 시작이었다!

dream books
드림북스

김강현 신무협 장편소설

『투신』, 『마신』, 『천신』의 작가!

김강현의 신무협 장편소설

고독(蠱毒)에 조종당해 지옥에 내던져진 마룡단.
잔혹한 음모와 혈투 속에서도 그는 살아남았다!

잊혀진 마룡단의 생존자 강하진이 돌아왔다.
음모의 배후를 처부수고 복수를 이루리라!

dream books
드림북스